Trente-Planes

Juliette Airel

TRENTE-PLANES

Savoie Poche

La Fontaine de Siloé

ISBN : 2-84206-247-7

Le couvent des Dominicains
Vieille-Rue
73801 Montmélian cedex
Tél. 04 79 84 27 24 – Fax 04 79 84 21 86

Je dédie ce livre à toutes celles qu'on exile, à vingt ans, dans des hameaux pareils à Trente-Planes.

J. A.

Les personnages de ce roman sont imaginaires.
Rien ne les empêche cependant d'exister.

PREMIÈRE PARTIE

CHAPITRE PREMIER

« PAR UN CHEMIN MONTANT... »

La route tire le car à travers les sapins. Depuis une demi-heure nous montons, nous tournons entre les troncs roux et les rochers moussus. Une demi-heure de monotonie brune et de pénombre avec, là-haut, un ruban d'espace, demi-heure pendant laquelle je guette la trouée d'où surgira le paysage qui va me retenir une année entière. Soudain, la route et les arbres s'arrêtent en plein ciel sur l'infini clair.

Nous dominons une vallée chaotique, hérissée de rocs bleus suspendus par miracle au bord des précipices. Sur des coulées de terre, des arbustes défient l'abîme, tordus ou brisés par le délire du vent. Tout au fond s'ouvre le gouffre des gorges. Très haut, très loin, à l'infini, les sommets brillent du miroir froid des glaciers, laissant deviner d'autres vallées qu'on pressent aussi âpres que celle-ci. Pas une maison, pas de trace des hommes.

Grinçant, ferraillant, secouant ses vitres, tressautant sur tous les cailloux, le car se précipite vers le torrent et jette contre leurs voisines les paysans aux gros rires. Une nouvelle côte ! Dehors, l'air ruisselle de lumière. Autour de moi s'épaississent des relents d'essence, la fumée des pipes, une odeur d'étable que les femmes libèrent au moindre geste. Elles jacassent dans leur patois, toutes vêtues de noir depuis la jupe étalée sur la banquette jusqu'à la coiffe de dentelle plissée en auréole sur le front. Derrière moi, elles se penchent pour apercevoir mon visage dans le rétroviseur, et je rencontre leurs yeux glacés qui me cherchent. Le chauffeur, lui aussi, regarde et sourit de ses grandes dents blanches. Je guette son sourire comme un réconfort.

Enfin, le paysage s'humanise. Sur un replat, des vergers entourent un village. Je lis « Villandry » sur la plaque indicatrice. Quelques maisons dominent la route de leurs balcons de bois où sèchent des lessives et de leurs greniers en surplomb au-dessus des façades. Le car s'immobilise devant une porte basse où s'inscrit le mot : « Café ». Pour descendre, des voyageurs se bousculent à grands coups de paquets et de sacs tyroliens. Une aigre bouffée d'air m'accueille à la portière. Le chauffeur annonce quinze minutes d'arrêt. Au passage, un paysan lui frappe sur l'épaule « Sacré José, tu en racontes… », puis il finit sa phrase dans son jargon et tous deux entrent en riant dans le café.

Sur le pas des portes apparaissent des femmes vêtues de costumes noirs et portant, juché sur le chignon, un bonnichon aux brides dénouées : la coiffe de tous les jours, sans doute. Sous le bonnet et les cheveux blonds d'épi, les mêmes yeux d'eau me dévisagent. Je fais les cent pas entre des cours ravinées, encombrées d'orties, et des tas de fumier. Je me représente la vallée qui m'attend par-delà les deux monts noirs qui, derrière le village, ferment l'horizon. Je ne connais pas encore la haute montagne : je la vois couronnée de sapins avec de longues coulées de prairies semées de chalets suisses, comme sur les affiches de tourisme.

Nous allons repartir. Trois montagnards sortent, discutent, debout au milieu de la route un quatrième hésite, à demi courbé dans l'embrasure de la porte, mais un autre, d'un grand geste du bras, le repousse dans l'ombre, vers les tables luisantes de crasse. Soudain, le chauffeur franchit le seuil, la casquette rejetée en arrière, et jure contre les retardataires. Un claquement de portière et nous filons vers le torrent.

Sur le toit, les bagages dansent sans cesse, je me retourne, car je m'attends à voir tomber toutes mes valises. À chaque virage, le car s'incline vers le vide. Brusquement, les freins grincent, secouant la ferraille: sur un pont grêle, la route enjambe la gorge bouillonnante, puis grimpe sur l'autre versant. La montagne nous écrase de sa masse. Seuls, perdus dans les sapinières, trois ou quatre chalets sur un épaulement rocheux me rappellent ces paysages de cartes postales sur lesquels j'ai rêvé.

Le moteur gronde par saccades, claque un coup sec, repart en geignant puis expire. Il est impossible d'avancer. Le chauffeur se retourne et invite « ces messieurs-dames » à descendre. Les paysans plaisantent en patois et s'engagent sur le chemin. Perdue dans mes pensées, je reste figée à ma place. Soudain, je sursaute au son d'une voix qui insiste:

« Ma petite demoiselle, si ça dépendait que de moi… À peine un petit kilomètre! La montée, là, c'est bien trop dur pour lui… Faut encore être contente que le service vous empêche de faire à pied les vingt autres kilomètres.

– Ah, oui ! Il faut que je descende… »

Une jeune femme m'attend : son visage jeune et ses vêtements coquets contrastent avec deux énormes mains de paysanne. Elle me questionne :

« Vous êtes une nouvelle institutrice ? Je l'ai deviné. C'est gai, un poste de montagne ! Vous pouvez en juger par le pittoresque du voyage.

– Où sont mes collègues ?

– Rien ne presse ; ils arriveront la veille de la rentrée… Moi aussi, une année, je suis venue avant les autres, avec tout un bagage d'illusions. Si j'avais su que c'était pour toujours… Où êtes-vous nommée ?

– À Trente-Planes. Comment est-ce ?

– Il y a pire. »

Je l'interroge, avide de savoir quel accueil m'attend là-haut. Nous escaladons des raccourcis qui prennent le roc d'assaut. La jupe de mon tailleur casse mes enjambées, mes bas de soie s'égratignent aux chardons, mes souliers glissent sur l'herbe sèche. Je peste contre ma tenue de ville. Sous mes pas, des cailloux sautent et roulent vers les gorges, s'égrenant comme dans un grand rire. Le car, solennel et grinçant, nous rejoint près d'un talus.

Nous parvenons sans encombre à Saint-Paul, un village laid, avec une place bavant le purin, quelques maisons basses aux toits démesurés, un cimetière herbu et un clocher avec son horloge morte, sans aiguilles. Assises sur un petit mur, des fillettes observent l'arrivée du car. Une voix crie à la portière : « Eh ! José, tu m'as acheté mes tuyaux de poêle ? » José tire du filet un flacon, une paire de galoches, un sac plein de tomates, une botte de céleri, les tuyaux demandés, un rouleau de fil de fer et deux journaux illustrés. Vingt sous pour le transport et vingt sous de pourboire, avec, par-dessus le marché, une plaisanterie du commissionnaire, et vous n'avez pas besoin d'aller à la ville faire vos emplettes : José les fait pour vous ! Complaisant, il se retourne vers moi :

« Ma brave demoiselle, je vais décharger vos paquets. Faudra faire vite, là-haut, pour trouver quelqu'un qui les monte avant la nuit. Pour sûr, vous aurez du mal : ils sont tous dans les champs. »

Un chemin pierreux entaille un mont fauve d'où une chapelle domine les gorges : la route de Trente-Planes ! Le soleil glisse derrière une autre montagne déjà noyée d'ombre. Impossible de grimper à bicyclette ; je manque d'habitude. Comment faire cinq kilomètres aller et retour avant la nuit ? Mme Sière, ma collègue, entame une discussion serrée avec le chauffeur. Enfin celui-ci consent, moyennant une honnête rétribution, à se risquer jusqu'à mon école. Par endroits, le passage est si étroit que les roues, paraît-il, débordent dans l'herbe au-dessus du gouffre.

« Juste le temps d'aller boire un verre et on repart ! »

CHAPITRE II

À LA CONQUÊTE DE MON ÉCOLE !

Le chemin se serre contre la montagne, au-dessus des gorges où écume le torrent. À chaque cahot, mes yeux se ferment ; le chauffeur, hilare, amorce des embardées qui me font crier de terreur. Enfin, la largeur d'un pré étaie la route ! La vallée prend de l'ampleur entre deux longues croupes, couleur d'automne ; elle se ferme tout là-bas par des glaciers.

« Trente-Planes, on peut pas encore le voir. Y a la colline de Jérusalem qui le cache. Après le Paulay, c'en est un coup d'œil ! »

Sur notre passage, des marmots écarquillent leurs yeux, ahuris de l'audace du car. Le Paulay est un hameau d'une vingtaine de maisons : les unes font face à la route, les autres lui tournent le dos, la plupart la regardent en coin de leurs murs rugueux presque sans fenêtres sur lesquels, telle une visière, pèse le toit. Par endroits, les murailles sont tellement rapprochées que la carrosserie les râpe au passage. José me montre un arbre convulsé : un prunier, le seul arbre fruitier de Saint-Paul. Aucun autre ne peut pousser à une telle altitude.

La vallée s'ouvre à nouveau sur le moutonnement des sommets où s'épuise une herbe rase avec, plus bas, des bosquets d'or entourant deux hameaux.

« Le Villaret, c'est le premier et, là-bas, c'est Trente-Planes ; y a encore trois kilomètres. Autrefois, y avait que trente "planes" de poussés, alors on a appelé comme ça le pays… Oui, ces arbres-là c'est des planes, des érables, comme vous dites. »

Tout au fond, dans une vallée capricieuse, un torrent tour à tour écume et s'apaise.

« C'est le Nant-Gris ! À force de laver des rochers d'ardoise, l'est gris comme eux. »

Juste au-dessous de nous, le Nant enserre trois îles ébouriffées de taillis d'aulnes. Sur ses rives une bande de prairies basses quadrillées de haies, des torrents endormis parmi les saules, me donnent, un instant, l'illusion d'une plaine bocagère. Mais mes yeux remontent les pentes où, sous les épaules nues des rocs, autour des chalets blancs, se groupent les taches brunes et mouvantes des troupeaux, et je me retrouve dans la haute vallée de Saint-

Paul avec, au loin, ce hameau minuscule qui va me garder une année.

Je revois, dans un village de mon enfance, une école où la maîtresse souriante et d'éclatants pots de géranium nous accueillaient dès le perron. Des bribes de rondes enfantines tournent dans ma mémoire, déclenchant le même malaise assourdi qu'éveillent les songes lorsque, revenant à la mémoire à des années de distance, ils prennent alors l'aspect de souvenirs d'une autre vie. Dans trois jours, sur le seuil d'une école identique, c'est moi qui attendrai ma procession de marmots.

À gauche, José me montre le Villaret, perché sur un piton rocheux et, isolée sur un vallonnement, l'école à laquelle s'adosse, par un curieux assemblage, le four banal. Un bois d'érables, un virage, et voici, barrant la route, Trente-Planes.

Le chemin devient trop étroit. José abandonne mes bagages sur un muret qui retient la terre de la montagne. À quelques mètres, une bonne femme m'attend, les poings sur les hanches, tandis qu'un chien pelé vient flairer mes mollets.

« Alors, vous êtes la nouvelle maîtresse ? Pour les clefs faut aller voir le conseiller. Sa grange est là… juste devant… la cuisine est de l'autre côté. »

Le village boueux se serre le long d'un étroit passage où toute la population, mystérieusement avertie, est installée par groupes. Assis sur deux marches, sur un tronc d'arbre, appuyés à une palissade, les gens me dévisagent et se retournent pour chuchoter derrière leur main.

Je devrais peut-être saluer et sourire, mais leurs mines m'exaspèrent et je passe fièrement, comme un général un jour de revue. Je suis étonnée de ne pas apercevoir d'enfants, à part un marmot de deux ans et une grande fille rousse. Me fuient-ils comme un croquemitaine ? Joli début !

Et mon école ? Je cherche, parmi ces murs sales et ces cloisons de planches, un bâtiment coquet avec une cour et un préau. Ce doit être plus loin… C'est en effet ce que me dit la femme du conseiller municipal que je n'ai pas eu besoin d'aller chercher chez elle. Nous descendons un fossé raviné : un chemin, paraît-il.

« C'est là, l'école ! »

Là, mais où ? Tout autour de moi des granges s'écrasent sous le chaume. À l'une d'elles est accolée une bâtisse délabrée avec un toit de tôle tout de guingois. Deux fenêtres en haut, une en bas, avec des barreaux et des carreaux fendus. Une porte de bois rugueux où je lis, pompeusement écrit à la craie : École de Trente-Planes ! Devant, croissent en paix des orties géantes qu'agrémente, dans un coin, la silhouette ruiniforme des lieux d'aisances à exemplaire unique. Un instant encore je veux croire à une énorme plaisanterie !

« C'est gai, ces barreaux.

– De l'autre côté, où vous habitez, y en a pas. Vous avez de la chance d'avoir deux pièces, c'est rare dans le pays

– Et la cour ?

– Y vont jouer dans le chemin. Il est pas bien passant, vous savez. »

La porte s'ouvre en grinçant sur un couloir obscur. Au fond, plus raide que le flanc de la montagne, grimpe un escalier de bois par lequel je me hisse jusqu'au seuil de mon logis ; de là une échelle incertaine monte au galetas. Pendant que la femme du conseiller rudoie ma serrure, je m'aventure vers le recoin sombre où doit s'ouvrir la pièce aux barreaux. Des tables bancales, des tableaux décrochés, un poêle béant s'offrent à mon zèle pédagogique. C'est, paraît-il, la classe d'hiver où l'on s'installe quand l'autre est trop froide – classe désaffectée car, autrefois, les élèves étaient suffisamment nombreux pour occuper deux institutrices. Je pénètre chez moi, déjà résignée. Sous des poutres basses, une armoire et un lit, vieillots et solides…

Le mobilier, Dieu merci, est décent. Mais comment… un lit ? On entre donc directement dans la chambre ?

Je me représente un jour de grasse matinée, obligée de me vêtir à la hâte et de jeter vivement le couvre-lit sur les couvertures tandis que des visiteurs font antichambre sur les dernières marches de l'escalier, en équilibre instable comme des poules sur un perchoir. Deux séries d'images dansent et se confondent dans mon esprit : l'école dont j'avais rêvé et celle qui m'échoit… Elles se déroulent toujours plus vite, plus insensées… Soudain, elles s'immobilisent : le lit seul demeure, immense… Entrer de plain-pied dans la chambre ! Mes nerfs surtendus cèdent et je ris, je ris, à m'en faire mal, de ma déception et du goût amer du pain quotidien qui m'emprisonne pour un an dans ces lieux misérables.

CHAPITRE III

INTÉRIEURS...

On se console rarement de ses misères en voyant plus misérables que soi. Ce réconfort du pire devait m'être offert ce jour-là. Après des heures de voyage, j'éprouvais le besoin d'une boisson fraîche et douce : un bol de lait. Une gamine, haute en jambes, entortillée dans des jupons, s'offrit à me conduire chez elle :

« Y a pas de fruitière à Trente-Planes, les maîtresses se servaient chez nous. C'est not' maison qu'est la plus près. »

Thérèse Maclaz me fait contourner deux granges, enjamber d'un pavé à l'autre des flaques de purin, puis elle s'arrête devant une bâtisse toute en longueur. Au milieu, près d'une petite fenêtre aux vitres moirées de vieillesse, une porte s'ouvre sur une buée d'étable.

Sept ou huit croupes rousses, un mulet, des cornes, des dos frisés : le cheptel s'aligne à angle droit contre deux murs. On parle derrière moi.

Je me retourne et je reste figée d'étonnement. À la clarté trouble de la fenêtre, je vois se détacher des masses insolites : un buffet... une table... un rouet... un fourneau... et, tout au fond, trois lits recouverts de cretonne bariolée. Ces gens habitent-ils dans l'étable ? La cuisine au sol de terre battue est isolée de l'étable par une barrière en planches qui me vient à la taille. Est-il possible que des paysans vivent ainsi !

« Toutes les nouvelles demoiselles sont "attrapées" quand elles viennent chez nous ; faut pourtant bien passer l'hiver avec les bêtes si on veut pas mourir de froid ! »

Je ne croyais qu'à demi ce qu'on lit dans les manuels de géographie au sujet de la cohabitation des montagnards avec le bétail. Cela me semblait appartenir à la légende, autant que l'histoire du ramoneur savoyard et de sa marmotte.

Oh !... Deux poules me filent entre les jambes et courent gratter la litière. Quelques-unes picorent à terre les dernières miettes du repas. L'une d'elles est juchée sur une chaise, l'autre accroupie sur le montant du lit. Je prends bien garde, en m'asseyant, de ne pas me salir...

Pendant ce temps, Mme Maclaz s'efforce d'attirer mon attention. Sa tête, coiffée de bandeaux noirs, se dresse au-dessus d'une poitrine ronde et d'une jupe longue et ample.

Ses yeux noirs s'enfoncent dans la peau bien cirée et rougeaude de son visage. Sa voix pointue se hausse d'un ton pour quêter des confidences.

« Alors, ça vous plaît, le pays ? Ça change avec la ville, pour sûr ! Not' pauvre Marcel, il en a eu du mal à se refaire au pays, après son service militaire.

– C'est votre fils ?

– Oui. Maintenant il est au Villaret, chez ma sœur qu'est toute seule avec sa fille ! Faut ben lui donner un coup de main l'été. Vous savez, quand le mari n'est plus là ! Y a deux ans, il était au service, le Marcel. C'est lui qui en a vu, du soleil et des cinémas ! Et là-bas, la terre était pas dure au travail comme ici.

– Où était-il ?

– À Nîmes.

– Tiens, je connais !

– Ça lui fera plaisir d'en parler avec vous. Avec la maîtresse d'avant, il restait tous les soirs à causer. Maintenant, il vient plus que le samedi pour passer le dimanche… Pour le lait, c'est deux francs le demi-litre. »

Enfin, je m'échappe de cette atmosphère suffocante. Dehors je cours, poursuivie par l'odeur d'étable. Je grimpe mon roide escalier, je saute par-dessus l'amoncellement de bagages, je retrouve ma cuisine avec son vaisselier rustique, son fourneau bas et le bureau secrétaire en sapin. Telle la chaleur qui monte jusqu'aux épaules devant un bon feu, le contentement de me sentir chez moi, loin de la moiteur des bêtes, de leurs odeurs chaudes et fortes, m'emplit de satisfaction. Je commence à comprendre l'intonation admirative de la femme du conseiller pour m'annoncer que j'avais deux pièces !

Déjà le crépuscule arrive. Je suis accablée de fatigue, je ne veux plus penser, plus faire de comparaison… Vite mon bol de lait et mon lit inconnu… que je m'enfonce dans le sommeil !

CHAPITRE IV

EXTÉRIEURS...

Je m'éveille. Je saute du lit et je fais claquer les volets. Le jour jette une main radieuse sur mes yeux. Mes paupières se ferment à demi sur la lumière, puis je m'habitue à cet éclat. Lasse, hier soir, je n'ai pas levé la tête. Aujourd'hui, je ne vois plus mes pièces tristes. Ce n'est plus une maison que j'ai, mais deux fenêtres... deux fenêtres ouvertes sur la montagne.

Partout, les érables font ruisseler leur or au long des sentiers. Un mont laisse rouler des éboulis bleus et lilas sur les alpages qu'empourpre l'automne. Aux endroits où la pente s'adoucit, les traînées encore vertes des prairies humides se perdent dans des bosquets de bouleaux mouchetés. Au-dessous de moi, d'un bois d'aulnes, monte le rugissement monocorde du torrent dans les gorges. Tout là-haut s'étale un ciel d'un bleu violet.

La haute montagne ! L'envie me vient, soudain, de courir les chemins jusqu'à l'épuisement.

Après le déjeuner, je pars dans la direction du village principal (le chef-lieu, comme on le nomme ici), à la rencontre de Georges, mon jeune cousin qui vient m'aider à emménager. Des brodequins ferrés, un sac tyrolien avec des chaussures de rechange pour le cas où mes pieds seraient blessés par les gros souliers, un foulard noué en turban sur mes cheveux: voilà ma tenue de montagne!

Derrière un contrefort rocheux, la route tourne, surplombant la vallée où, par-delà un écran de branches, les prés dévalent jusqu'au torrent. J'avance d'un bon pas, que rythme une ritournelle. La marche fouette mon sang. Mes pieds ont, d'eux-mêmes, trouvé la cadence qui endort mes pensées et fait naître dans mon corps un voluptueux bien-être. Dans mon pays de collines, l'atmosphère n'est légère qu'aux matins de printemps, mais ici, en automne, elle est fluide et coule à fleur d'épiderme… Elle me soulève, m'emporte. Je sens en moi, avec des forces intarissables, l'ivresse inattendue que me verse l'air des cimes.

CHAPITRE V

De la vanité d'une réputation

On frappe à la porte. J'entrouvre les yeux sur un monde clair. La conscience me revient : je suis à Trente-Planes. Hier soir, en me couchant, je n'ai pas voulu refermer mes volets sur le clair de lune. Ma fenêtre déborde de lumière. En montagne, les matins sont aussi rayonnants de soleil que les couchants de la plaine.

On frappe encore… Mes pensées s'éveillent dans un monde décevant, des poutres noires pèsent sur ma tête. Avant de recevoir mon visiteur, je dois recouvrir mon lit. Vite, préparons-nous !

Sur le palier, je trouve une visiteuse : un nez pointu, des yeux ronds en billes dans un visage affaissé par la quarantaine, une grande bouche d'où sort une voix nasillarde :

« Bonjour, mademoiselle, voulez-vous-t'y que j' prenne vot' pain en descendant à la messe ?

– Il n'y en a donc pas dans le village ? »

Elle me dévisage, manifestant le plus profond ahurissement.

« Eh ! non, ma brave demoiselle, fait-elle avec un mouvement glissant pour s'insinuer dans ma chambre. Heureusement que moi, la Fine Bouchet, je pense à vous !

– Attendez, je vais vous donner de l'argent pour la commission. »

Les prunelles de la Fine Bouchet roulent anxieusement du lit à la chaise où mes vêtements sont jetés pêle-mêle.

« Alors, le petit monsieur, il est déjà parti ? » C'est de Georges qu'il s'agit ? Pourquoi a-t-elle l'air satisfait de quelqu'un qui exploite une mauvaise découverte ? Elle remue ses lèvres avec délectation ! Que fait-il de mal, ici, chez moi ? Oh ! je vois... Georges a l'avantage, à mes yeux, d'être fort, ordonné et ingénieux, mais, aux yeux des autres, l'inconvénient, à quinze ans, d'en paraître vingt. C'est grave, car on peut le prendre pour un amoureux. N'est-il pas resté toute une nuit avec une jeune fille dans deux pièces où il n'y a qu'un seul lit ? Pouvais-je prévoir que la curiosité du village serait excitée par cette imprudence ? Georges adore le camping, mais en groupe ; seul, il n'est plus qu'un gamin tremblant. Il s'est effrayé à l'idée de passer la nuit dehors, sous sa tente, environné d'inconnus.

« Non, il est encore là ; il dort à la cuisine, dans son sac de couchage. »

S'il savait quels soupçons sa présence fait naître ! Un instant la Fine Bouchet fait scintiller ses prunelles pour me donner à comprendre qu'on ne lui conte pas si facilement des histoires et que, même sans preuves accablantes, je suis condamnée sans appel.

« Au moins, comme ça, vous risquez rien du Marcel. Il a essayé avec les maîtresses d'avant ; elles ont eu bien du mal à s'en défaire. Il est bel homme, vous savez. »

J'ai envie de lui ouvrir de force les mâchoires pour l'obliger à articuler ses paroles. Mais pourquoi me regarde-t-elle ainsi ? Je suis sur le point de risquer un mot pour me justifier, quand, excédée par cette inquisition, je m'entends répondre :

« On verra... Vous savez, les amoureux... Après tout... À tout à l'heure ! »

La porte claque. La Fine Bouchet dégringole l'escalier.

Elle est généreuse ! Deux amoureux, déjà ! L'un qui partage mon lit et l'autre prêt à me faire des avances. Commère, va! D'indignation je lance un robuste coup de poing dans la cloison. De l'autre côté, Georges s'éveille.

CHAPITRE VI

Du rapport entre le confort et les bonnes mœurs

La visite de la Fine Bouchet ne devait être que le premier épisode de cette mémorable journée. La veille, nous avions délicatement tiré d'une caisse, et placé au centre de la table, un cylindre de faïence blanche sur lequel des violettes peintes se fanaient autour d'un paysage d'hiver; j'avais posé les accessoires sur une étagère, le verre et l'abat-jour mauve à pleurer de mélancolie. Comme le soir venait, je m'étais décidée à allumer ma lampe à pétrole. Parfaitement, à pétrole! À Trente-Planes, il n'y a pas encore l'électricité. Routine et ladrerie des paysans, qui ne veulent pas connaître cet éclairage, dont les vieux se sont bien passés et qui coûte si cher à installer.

Georges ne cessait de plaisanter sur notre éclairage rudimentaire. Mes yeux fixés sur le bloc de faïence, qui luisait faiblement dans le crépuscule, j'hésitais à en approcher l'allumette. En moi se levaient des souvenirs lointains de soirs d'orage, où brusquement l'obscurité tombait derrière un éclair. Pour une cause ou une autre, le courant venait d'être coupé. Maman, encore valide en ce temps-là, gagnait alors à tâtons, en écartant les chaises, le buffet de la salle à manger. On percevait un choc prudent de vaisselle, puis une flamme faisait surgir son visage et danser, des murs au plafond, l'ombre des meubles. Maman revenait près de nous, la lampe à la main, et la posait au milieu de la table. La veillée continuait. Soudain la pièce s'illuminait de blanc. L'électricité était revenue.

Plus tard, quand grand-mère vint s'installer chez nous, où elle devait habiter jusqu'à sa mort, on n'eut plus besoin d'aller ouvrir dans le noir les portes du buffet. Au premier roulement de tonnerre, elle partait fouiller dans son armoire, sous les piles de linge, et en sortait un long cierge bénit. Souvent il arrivait qu'il fût cassé en deux, sans doute parce qu'elle l'avait heurté en faisant des rangements – et elle nous assurait que c'était là une malice du diable, impuissant à se venger autrement de ses prières. Tout en récitant des oraisons, elle allumait son cierge. Papa riait, en regardant maman. Quand la panne survenait, la lueur s'animait parmi les ombres tremblantes. Grand-mère triomphait : n'était-ce pas une bénédiction du bon Dieu, cette clarté qui se trouvait là, toute prête, au lieu de cette lampe à pétrole qu'on risquait de briser chaque fois qu'on allait la chercher dans le noir ?

Tandis que se ravivaient mes souvenirs, Georges m'avait pris le briquet des mains et avait allumé la lampe. Soudain, mes yeux s'arrêtèrent sur l'aspect bizarre de la flamme. Rouge à la base, elle s'étirait jusqu'au plafond dans une fumée noire. Maman m'avait dit : « Surtout, règle bien la mèche. » Alors je me mis à la hausser, à la descendre, à tourner et retourner le bouton. Sans résultat… Au bout d'une demi-heure, nous nous agitions, Georges et moi, dans un brouillard de fumée, où palpitait vers le centre un halo roux. Nous avions dû finalement éteindre la lampe, ouvrir la fenêtre et, dans l'ombre, nous hâter de gagner nos lits où nous pûmes à loisir méditer sur les mystères et les inconvénients des éclairages d'autrefois.

Ce matin-là, éveillé par mon coup de poing, Georges se lève. Un fou rire homérique me prend aux entrailles. Georges est barbouillé de noir et dans son visage de nègre, ses yeux et ses dents blanches étincellent, tandis qu'il rit d'aussi bon cœur que moi. Pourquoi? je m'approche de mon minuscule miroir, où m'accueille une face charbonneuse. Est-ce moi? Et la Fine Bouchet qui m'a vue ainsi! je m'écroule sur ma malle en pouffant de plus belle. Georges, traversé d'un éclair de génie, veut m'expliquer quelque chose. À mots entrecoupés, il réussit enfin à articuler:

«On... avait... oublié... le verre de lampe!»

Nous sanglotons de rire.

Lorsque nous sommes calmés, je me précipite sur ma cuvette. Georges part de son côté avec sa trousse de toilette. Il affirme que seule l'eau courante emportera une telle épaisseur de suie et, hélas! ce n'est pas chez moi qu'on trouve l'eau courante! En arrivant ici, je n'avais guère d'illusions à ce sujet, mais je crois que Trente-Planes dépasse les pires pronostics. Il n'y a même pas de fontaine. On boit l'eau du torrent. À quoi bon faire des frais de canalisation puisque, comme me l'a dit la femme du conseiller, «si elle fait pas de mal aux bêtes, elle est bonne pour les gens»?

L'école étant la dernière maison en aval près du torrent, je dois, si je ne veux pas utiliser l'eau qui a lavé le linge et la vaisselle de tout le village, monter avec mes seaux jusqu'aux prairies. Il paraît qu'en hiver l'expédition se complique non seulement de glissades, mais aussi de sérieux travaux pour briser la couche de glace!...

Donc Georges, en vrai sportif, disparaît derrière les granges pour aller se rincer en plein courant. Au bout de cinq minutes, il me semble percevoir, presque sous ma fenêtre, des voix et des rires étouffés. J'ouvre brusquement la croisée. Le bruit fait lever les têtes de deux ou trois gamins tapis à l'angle du four banal. Intriguée, je descends et j'arrive à temps pour voir la femme du conseiller en train de disperser la marmaille avec de grands gestes en forme de fessée. À ma vue son austère visage se pince, manifestant une indignation plus profonde encore que celle qu'avait provoquée mon fou rire d'avant-hier. Brusquement, elle pivote sur ses talons et s'en va, traînant derrière elle, d'un air digne, les plis de sa jupe longue.

Je contourne le four et que vois-je au milieu du torrent? Georges, le torse nu, qui s'asperge d'eau glacée! Ô scandale! Un jeune homme, torse nu? Ainsi, non content de violer les bonnes mœurs en partageant ma demeure, il offense publiquement la pudeur.

Et tout à coup, je comprends à quel apostolat je me suis vouée. Qu'ils méditent donc sur cet incident, ceux qui voudraient apprendre à des rustres encroûtés de crasse, le décent nudisme de la propreté!

CHAPITRE VII

Marcel

Au soir de ce samedi si fertile en scandales, je me dirige, toute songeuse, vers la ferme des Maclaz, mon bidon à lait ferraillant à mon bras... Il est trop tard pour obliger Georges à coucher sous sa tente et lui faire mettre un chandail pour se laver... Qui aurait pu supposer que la Fine Bouchet et la femme du conseiller fussent si puritaines? Il y a certainement dans quelque grange des filles plus perdues que moi et des garçons plus amateurs de fredaines que ne l'est Georges. Et je puise dans cette pensée une revanche morale. J'en viens à souhaiter la rencontre de quelque franc luron qui m'accueillerait avec de grosses plaisanteries afin, dans ce pays, de voir et d'entendre autre chose que ces madones compassées ou ces anges tutélaires.

J'avais attendu durant des années ma sortie de pension: ma liberté. Pendant huit fois douze mois, j'avais supporté les tracasseries des respectables femmes qui veillaient sur notre fragile vertu : pas de jeunes gens, pas de rouge à lèvres, pas de tabac, pas de lectures légères ! Au diable les interdits et que m'importent maintenant les jugements d'autrui. Je suis libre, j'ai vingt ans et je veux jouir de mes vingt ans !

Dans sa cour, Mme Maclaz guide les poules vers l'étable. Un poussin s'enfuit, boule de duvet roulant à terre, mais une volée de grains le retient à portée de main, en train de picorer. La fermière cherche un reste de seigle au fond d'une des poches-sacs cachées sous les lourdes fronces des jupes paysannes. À ma vue, son geste s'immobilise et sa mine reluit dans un sourire.

« Bonsoir, madame Maclaz.

– Bonsoir, mademoiselle. Alors, vous êtes venue seule ?

– Avec qui voudriez-vous que je vienne ? »

Elle détourne la tête et, tout en considérant la porte de la grange, demande après une ou deux phrases quelconques :

« Et votre cousin, c'est-y bientôt qu'il part ?

– Dès qu'il aura achevé mon installation. Je ne peux tout de même pas grimper seule les malles au grenier ?

– Bien sûr qu'il fallait un homme, mais vous savez, chez nous, c'est de bon cœur qu'on vous aurait rendu ce service. »

Puis poussant la porte, elle ajouta: « Entrez, mademoiselle. »

Je vais remercier, mais mon regard se heurte à un visage nouveau. Mes yeux éblouis de soleil le perdent un instant sous des cercles lumineux et mouvants, puis, peu à peu, l'éblouissement vert et rouge s'éteint et l'inconnu se dégage de la pénombre. Je retiens mon souffle comme le voyageur qui, au tournant du chemin, découvre un nouvel horizon. Un jeune homme, la tête sur sa main, un coude poussé loin sur la table, me regarde entrer sans me faire l'hommage de se lever ni d'ôter son béret. J'observe ces yeux verts largement fendus sous les sourcils, cette mèche dorée, ce grand corps dont les jambes s'allongent sous la table. Voici donc ce fameux Marcel!

Assurément, Fine Bouchet, c'est un beau gars!... Un si beau gars que s'il avait habité la ville au temps où j'étais pensionnaire, eût-il été le dernier des employés, toute l'école se serait alanguie à l'attendre, derrière les barreaux des fenêtres. Combien de jolis garçons avons-nous contemplés debout sur les chaises du réfectoire, pendant qu'une sacrifiée faisait le guet pour nous signaler le danger, professeur ou surveillante! Et nos retours, le jeudi et le dimanche, comme ils étaient riches en rencontres, réelles ou imaginaires, qui faisaient grogner d'envie les élèves de la promenade surveillée :

« J'ai vu Oscar !

– Et moi, au cinéma, j'étais juste devant le "brun au collier". Il m'a souri à la sortie ! »

Comme tous auraient paru falots auprès de cette carrure d'athlète blond !

« Ça vous va-t-y chez nous ? »

Tout en parlant, il me détaille avec insistance et paraît même assez satisfait de son examen. Il continue du même ton appliqué :

« C'est pas beau, le pays ? »

Sa voix hésite comme des pas au bord d'un précipice, s'accroche à une syllabe, glisse sur un mot, puis se pose fermement et poursuit sa route. Je proteste :

« Mais le pays est magnifique !

– Vous verrez, cet hiver. » Un silence, puis il ajoute : « Vous êtes la même que la fille du Panier Fleuri. On croirait que c'est elle.

– Qu'est-ce que c'est, le Panier Fleuri ?

– Un bistrot où on allait danser, au régiment.

– Je suis très flattée.

– Je mangeais chez eux, et puis on allait au cinéma. Elle s'appelait Paulette.

– Dommage, ce n'est pas mon prénom ! »

Mme Maclaz intervient :

« Dis donc à la demoiselle de venir veiller ce soir chez nous. Vous amènerez votre cousin ? »

Ah ! ce cousin… Je m'excuse de ne pouvoir accepter, nous avons encore trop à faire pour terminer mon installation.

Quand je pars, Marcel vient sur le pas de la porte et me reconduit du regard.

Avoir un tel profil et n'être qu'un paysan ! Il n'est pas à sa place ici. Mais moi, suis-je à ma place dans ce nid d'aigles ? Ne suis-je pas plutôt destinée à courir les magasins, à bavarder avec des amis ? Les théâtres, les salons de thé, ne sont-ils pas faits pour moi ? Et pour moi, les sourires des jeunes gens qui me croisent. Marcel, lui, n'a pas souri. Je me précipite chez moi :

« Geo, j'en ai assez ! »

Dans la cuisine, Georges passe ses doigts dans ses cheveux, ce qui est le signe, chez lui, d'un embarras profond. Un homme me tourne le dos, contrefait et massif. Il fait pivoter vers moi une tête dont le front énorme rapetisse ridiculement le visage. Il soupèse une tranche de viande saignante posée sur un journal.

« C'est pour moi, ce rôti ? Combien vous dois-je ?

– Vous voudriez pas, tout de même ! Dans la famille, on a toujours fait plaisir à la maîtresse. Demain, je vous apporterai un sac de pommes de terre. Vous me les paierez si vous voulez. Avec mon frère, on en a toujours en trop, de la récolte. »

Comme on ne peut pas mettre à la porte quelqu'un qui vient de vous faire un cadeau, je laisse le bonhomme s'installer et conter son histoire. Il parle de lui, le Tonin, et de son frère le Bissot. Ils ont « grand de terre » mais n'ont jamais voulu se marier parce que les filles de Saint-Paul ne sont pas « comme y faut ».

« Une femme, ça doit être un bouquet de fleurs dans la maison. »

De plus, selon lui, les hommes d'ici ne valent pas grand-chose.

« Y a même un coureur de filles, et moi j'vous le dis, parce que j'le sais, le Marcel, c'est un petit voyou. »

Derrière le Tonin, Georges mime son ennui avec des gestes expressifs.

« Dites, monsieur Tonin, je vais être obligée de vous laisser afin que demain tout soit en place.

– Et, vous savez, le Marcel… »

Je coupe net la confidence :

« Oh ! le Marcel, lui dis-je, j'ai un an pour le connaître ! »

CHAPITRE VIII

UN PREMIER OCTOBRE PAS COMME LES AUTRES

Aujourd'hui, c'est la rentrée. Pour mon premier jour de classe, j'ai le cœur très calme. Je m'apprête avec une raisonnable lenteur et, durant un quart d'heure, je descends arpenter la cour devant la plate-bande d'orties. À huit heures précises, je pénètre dans la salle du bas où flotte, exaspérée par deux mois de renfermé, l'odeur de lait aigre que dégagent les attroupements d'enfants. Au passage, je tire une table branlante dans l'alignement des autres, je gravis l'estrade. D'un coup de cahier, je fais voltiger la poussière de mon bureau. J'écris au tableau en lettres capitales : 1er octobre 193., et je me retourne vers mon auditoire de tables vides. Oui, vides !...

Dès le premier soir, Mme Maclaz m'avait prévenue que, suivant la coutume, les enfants resteraient aux chalets jusqu'aux premiers froids. C'est pour cela que je n'en avais pas vu à mon arrivée. Pourtant, seule à mon poste, j'obéis au règlement, qui veut qu'une institutrice demeure dans sa classe quel qu'en soit l'effectif.

Ainsi, consciente de mon devoir et suivie de toute une cohorte de marmots invisibles, je prends mes fonctions. Après avoir rempli la formalité indispensable de la lettre à l'inspecteur l'informant de cette entorse à la scolarité obligatoire, je me plonge toute la matinée dans des consultations de registres, des programmes et des préparations de leçons. Je me prive même de récréation pour remplir plus rapidement mes fiches. J'aurais eu moins de hâte si j'avais prévu qu'en un mois je pouvais, non seulement polir et repolir mon travail, mais de plus être écœurée de silence et de solitude.

À midi, Georges est prêt au départ, car pour lui aussi c'est la rentrée. Il a déjà vingt-quatre heures de retard : hier j'avais une telle crainte de me retrouver seule un dimanche, que je l'ai supplié de rester encore un jour. Nous avons, jusqu'au soir, cloué, rangé, balayé, et, en terminant, nous étions aussi couverts de poussière que les bronzes d'une salle des fêtes. Pour compléter notre journée laborieuse, le Tonin a jugé bon, deux heures durant, de nous honorer de sa présence et de ses pommes de terre. Tandis qu'il me gratifie de phrases dont l'amabilité me fait songer au pavé de l'ours, le Bissot le suit, courbé sous le sac. Belle tête de brute un peu niaise, ce Bissot! Je n'ai pas le temps de l'examiner à loisir, car aussitôt délesté de son fardeau, il s'en va. Le Tonin, ne trouvant plus rien à dire, pour prolonger son monologue, insiste pour me couper une brassée de bois. Il descend s'installer dans le couloir; Georges, qui revient du grenier et le croit parti, me crie de l'échelle:

«Alors, il a décampé, le gorille.»

Je ne peux étouffer un éclat de rire. Nous entendons la porte d'entrée se fermer brutalement: le Tonin est parti. Bon voyage et surtout ne revenez plus; je déteste les fronts très grands qui cachent des pensées trop monstrueuses pour les crânes normaux!

Tout en mangeant, Georges m'égaie en commentant cet incident et quelques autres. Il pose sa fourchette, imite le Tonin et le Bissot tout en bousculant la chaise. Notre déjeuner est joyeux comme un repas d'amoureux.

Je l'accompagne et nous nous séparons sur la route un peu hors du village. Quand il s'engouffre dans le bosquet d'érables et qu'il disparaît, mon premier mouvement est de pédaler de toutes mes forces pour le rejoindre, mais, dans un sursaut d'énergie, je fais demi-tour avec ma bicyclette.

Bientôt l'effort que je dois fournir pour grimper la route cahoteuse fatigue mon chagrin. Avant les premières maisons, j'emprunte un sentier qui bifurque vers les prés et me permet de rentrer sans traverser le hameau. Des sorbiers ponctuent mon chemin de leurs touffes élégantes pointillées de bouquets de baies rouges. Ma bicyclette file sur la terre battue. Les fleurs des champs se prennent dans mes roues, se cassent ou font chanter les rayons.

Devant l'école, un vieil homme se chauffe au soleil, les yeux fixés sur une grange. Quand j'approche, il les tourne dans ma direction. Des verres fumés lui dessinent des orbites noires, au fond desquelles on se demande si le regard vit. L'accoutrement de mon visiteur est étrange : un gilet croisé avec des boutons de tissu, et un large pantalon de drap bleu vert. Quelle mode a bien pu l'inspirer ? Je n'ai jamais vu, même sur des gravures anciennes, un pareil costume. Tout au plus a-t-il une lointaine ressemblance, la couleur mise à part, avec certains habits de premiers communiants.

«C'est vous, mademoiselle?

– Oui, Monsieur.

– Appelez-moi l'Aveugle, comme tout le monde.

– Eh bien, oui, l'Aveugle.

– Je suis venu faire un brin de causette. Quand le temps le permet, je reste ici une partie de la journée. J'écoute les gosses qui jouent et la maîtresse me dit toujours un mot en passant. Que pensez-vous du pays, mademoiselle?

– Il est très beau.

– Bien sûr, le paysage... Mais les gens qui l'habitent sont trop méchants. Vous vous en apercevrez toujours trop tôt.

– Je m'en suis déjà aperçue.

– Ah!»

Aucune question ne fait préciser mes paroles. Combien d'autres m'auraient interrogée avidement! Je m'étonne de la discrétion de ce paysan. Mais est-il un paysan? Il a, dans la voix, des intonations brèves qui ne sont pas d'ici, et son corps possède une aisance qu'ignorent les hommes que leurs travaux penchent vers la terre.

Dans ma classe, je retrouve le vide. Je suis déçue par ce premier octobre qui commence comme des vacances. J'avais rêvé d'un petit auditoire en blouses fleurant la satinette neuve, les bras croisés, en train d'écouter mon discours affectueux d'aînée, préparé depuis si longtemps. Cet après-midi, la fièvre de la nouveauté des registres est tombée. Je n'entends plus Georges piétiner là-haut, dans la cuisine. Seules, me tiennent compagnie et m'agacent les dents de leurs zin, zin, zin, bourdonnants comme une fraise de dentiste, les dernières mouches qui se cognent aux carreaux. Mon unique consolation est la présence de l'aveugle assis dehors, sur le pas de ma porte, de l'autre côté du mur.

Comme je cherche un prétexte pour sortir et bavarder un instant avec lui, ma chaise craque sournoisement et menace de perdre un pied. La paille de l'autre siège pend en désordre. Qui me réparera cela? L'aveugle, consulté, me conseille d'aller « querir Charlot, un vieux garçon un peu fou, mais un brave type; sa maison fait le coin entre le chemin qui monte de l'école et la rue principale du village. » Allons donc « querir » Charlot.

CHAPITRE IX

CHARLOT

J'avais déjà remarqué cette maisonnette carrée, parmi tous les autres bâtiments longs et bas. Sur le côté quelques marches de pierre, incurvées par l'usure, donnent accès à une plate-forme en ciment sans balustrade. La porte est grande ouverte. La cuisine reluit comme celle d'un presbytère. Un énorme matou jaune s'étire à mon approche. J'appelle le maître de maison. Une voix souterraine crie: « Eh voui, on y va, on y va... » Suit une phrase en patois.

Sous la terrasse, apparaît d'abord une large casquette plaquée de toiles d'araignées, puis un menton qui se relève, une bouche qui s'entrouvre... enfin deux yeux ridés qui rient de me voir là-haut. La voix de Charlot se mouille de salive comme celle d'un bébé.

« Tel que j' suis et j' suis comme ça, j' suis sûr qu'vous avez besoin d'Charlot. Les p'tites demoiselles, elles sont toutes les mêmes. » D'un revers de pouce, il rajuste sa visière, puis soudain se ravise, et, songeant aux toiles d'araignées, frappe sa casquette à plat sur son genou.

« Ah ! ces lapins, ça vous met dans un état !... Si vous voulez voir ma salle de garçon !... Entrez... Hein ! c'est-y propre ! Aussi propre que du temps de ma mère... Charlot, avec ceux-là (il montre ses bras trapus), il sait mieux faire qu'une femme et, pour sûr, il a pas la langue si longue !... Vous boirez bien un canon... Mais si, mais si, avec un bout de pain et une tomme. Ah ! tel que j' suis et j' suis comme ça, vous boirez pas du cidre chez Charlot... Le cidre, ça vous prend les forces et ça laisse venir le dessous des yeux tout blanc. Vous allez goûter du vin, et du bon, qui vient de loin ! »

En un tour de main, il a sorti un fromage plat, large comme une assiette, un pain noir et deux couteaux. Le pichet d'étain est déjà sur la table. Je m'assieds en face de Charlot, tandis qu'entre deux bouchées, le couteau dressé dans son poing, il m'annonce qu'il a ressuscité un mort.

Ses prunelles mi-closes luisent derrière ses cils comme, au couchant, un fleuve paisible entre des rideaux d'arbres.

« Quand on est jeune, faut bien rire un coup, pas vrai ? Tel que j' suis et j' suis comme ça, un jour, à force de surveiller les autres, j'arrive à rester seul dans la chambre d'été où y avait le mort. Je m'abouche sous la paillasse où l'Érasme tient son buis bénit... La Marcelle entre... Alors je secoue la paillasse et je soulève la tête. Ah! Ah! Ah!»

Son rire rebondit en échos interminables à travers ses souvenirs.

«... Toute la maison s'est mise à piailler. Y sont allés querir le curé qu'était à ce moment dans le village, et j'ai juste eu le temps de sauter sur le tas de fumier pour me sauver... Dans ces moments-là, on regarde pas où on passe.»

Et d'un coup, il enfourne dans sa bouche le morceau de tomme qu'il tenait entre son index et son couteau.

Malgré la qualité douteuse de la plaisanterie, ma gaîté éclate devant ces yeux qui se ferment et cette voix qui s'étrangle de rire.

«Attendez, maîtresse, avant de partir, faut que j' vous montre que'que chose... Ah! y peuvent faire les malins ceux de Trente-Planes, y en a point qui ont un machin comme moi.»

Il disparaît dans la pièce voisine et revient avec un paquet long, enveloppé d'une étoffe tricolore.

«... Ça, vous voyez, c'est le sabre qu'a battu les Arabes. C'est le père à mon père, dans le temps, qui les a tous fendus avec... Sans lui, maintenant, on serait tous là en robes blanches comme dans les pays chauds... »

Sans doute fait-il allusion à l'invasion de la Savoie par les Sarrasins, à moins qu'il ne prête ce costume aux innombrables juifs refoulés jadis dans les hautes vallées. Quoi qu'il en soit, cela se passait bien des siècles avant la naissance du grand-père. Après tout, il faut bien un héros à Trente-Planes !

Je m'amuse à imaginer Charlot et la Fine Bouchet en burnous. Mais ce n'est rien encore ! Quelle énergie ne me faut-il pas pour maîtriser mon fou rire quand Charlot me tend, pointe en avant, en guise de sabre, un gigantesque couteau de cuisine...

Comment cet outil prosaïque a-t-il échoué là, et à la suite de quelle mystification est-il devenu légendaire ? Je me renseignerai au village. Charlot me dit presque à l'oreille en montrant la bannière :

«Je l'ai chipée à la mairie, le soir du 14 Juillet 1912... Fallait bien ça pour le sabre... »

Je presse Charlot de venir chez moi, car je redoute une nouvelle histoire. Il tient, avant de partir, à me démontrer l'excellence de sa serrure.

« Avec ça, on part tranquille, comme si on était encore dedans. »

Enfin, je réussis à l'amener dans ma classe. La chaise reclouée, il veut monter réviser mon fourneau.

« Mais je vous assure qu'il tire très bien.

– Tel que j'suis et j'suis comme ça, moi j'vous dis qu'le fourneau y marche pas. Tout de même, j'sais bien ! Y a fallu l'arranger pour toutes les autres demoiselles. »

Dans la cuisine, il secoue la grille, répand des cendres un peu partout, tient à balayer lui-même. Pourvu que mon fourneau résiste à ses réparations... Il n'accepte aucun paiement, mais seulement un petit verre de rhum, qui le réjouit.

« Ça, alors, c'est du bon ! »

Je le retiens pour le questionner au sujet de l'aveugle. Il baisse la voix :

« Il est tout drôle, on sait pas bien qui c'est ; on sait même pas s'il est devenu aveugle pour tout de bon... C'est un cousin au Joseph, qu'est mort en lui laissant sa maison. Il était déjà venu d'Angoulême tout petit avec ses parents, pendant trois ans. Mais comme je dis, on sait même pas s'il est aveugle tout de bon… On raconte des histoires… y en a qui l'ont vu la nuit en train de faire des signaux avec une lampe, là, juste en face, sur les Éteillers. »

Cette activité nocturne m'intrigue, mais Charlot conclut :

« Pour ces choses-là, moins on en parle, mieux ça vaut. »

Puis il me quitte en disant : « Ah ! pendant que j'y pense, les garçons d'ici, y sont tous "folariés" mais y sont pas méchants ; faites-vous pas peur surtout. »

Il se refuse à m'en dire davantage.

Jusqu'au soir, je retourne dans mon esprit les énigmes levées par Charlot, et je me surprends à rire tout haut. Soudain, des cris éclatent sous ma fenêtre. Je bondis. J'ouvre les deux battants. Mon apparition déclenche une galopade mêlée de rires gras. Je reprends mon tricot. Un silence… puis trois ou quatre voix masculines s'élèvent.

« Mademoiselle ! Chérie ! »

Par exemple ! Eh bien, ils vont la voir, leur chérie, et dans un de ses élans les plus tendres… et vlan, je verse par la fenêtre le grand seau d'eau sale où j'ai lavé mes légumes! Après quelques piétinements employés sans doute à s'ébrouer, les sabots détalent. De là-haut, comme d'une chaire, je menace:

« Espèce de jeunes sauvages, je vais vous dresser. La prochaine fois, je vous fais arrêter pour tapage nocturne. »

Le bruit de pas s'éteint dans le lointain, et il ne règne plus désormais que le silence où seul gronde le torrent.

Le lendemain, Charlot me confie:

« Ah ben! Y s'attendaient pas à celle-là! Je savais qu'ils allaient venir quand le jeune monsieur serait parti. Toutes les années, le premier soir, je me cache dans le four pour voir comment la nouvelle maîtresse va prendre ça. Vous, alors, vous avez d'la poigne. C'est Charlot qui s'tordait de rire! Tel qu'j'suis et j'suis comme ça, je vous dis qu'y sont pas prêts d'revenir! »

J'apprends que cette sérénade parlée à l'institutrice est une coutume quotidienne et que le meilleur chanteur du village daigne parfois la corser d'une partie musicale. D'habitude, la jeune fille fait « celle qui n'entend rien », et la fête continue toute l'année.

En ce qui me concerne – que ce fût l'effet de mes menaces ou l'argument plus direct de mon seau d'eau – je ne devais plus jamais, le soir, être aussi galamment importunée.

CHAPITRE X

UNE AMAZONE

Au bord du chemin, en plein mois d'octobre, des coquelicots s'attardent et gorgent leurs corolles d'une pourpre sombre, inconnue de la plaine. J'en cueille quelques-uns, puis je m'amuse à dégager les campanules barbues enfouies sous les feuilles mortes.

Soudain résonne derrière moi un bruit de galop insolite dans une région où les mulets ont appris à garder une allure prudente au long des sentiers abrupts. C'est un spectacle familier que de les voir grimper les pentes, la carrure élargie d'un « barillon » de foin ou de sacs de toile en forme d'épuisette, bourrés de fromages. Ici, le paysan est un cavalier ; on le rencontre allant d'un hameau à l'autre et jusque dans les alpages, au pas régulier de sa monture, mais jamais vous ne le voyez arriver à bride abattue.

Qui peut mener un train pareil ? Je me retourne… Marcel !

Il est superbe, bien campé sur son mulet, la vapeur rousse du couchant derrière ses cheveux. À sa vue j'éprouve un choc inattendu dans ma poitrine, un mouvement de balancier se déchaîne et s'affole jusqu'au moment où le mulet s'arrête près de moi.

« Alors, mademoiselle ? »

Stupidement, je réponds :

« Attention, votre bête va me lancer un coup de pied.

– Eh ben, montez

– N'y comptez pas ! »

Voyant que je m'écarte, il saute à mes côtés, puis tournant la tête, comme préoccupé par la bride de son mulet, il reprend :

« La maîtresse du Villaret y est bien montée, l'autre soir. C'est vrai que c'était nuit.

– Que dites-vous ?

– Ben oui, elle est montée derrière moi. Et pourtant, c'est une demoiselle comme y faut.

– Oh, de cela je ne doute pas ! Mais je dois vous quitter, je vais au chef-lieu et il se fait tard. Au revoir, monsieur. »

Marcel reste une minute indécis :

« Alors, vous voulez pas ? »

Je ris :

« Non, vraiment.

– Ben, au revoir. »

Il se remet en selle et s'éloigne sans trop se presser.

Pourquoi allait-il plus vite tout à l'heure en venant vers moi ? Pure coïncidence, peut-être… Curieux garçon, ce Marcel. Il a une allure magnifique, mais dès qu'il parle, son charme se dissipe dans les intonations vulgaires de sa voix. Il devrait rester le cavalier qui passe, beau et silencieux. Des comparaisons usées s'imposent à moi : prince déguisé en berger, chevalier mystérieux… Les contes de mon enfance, les rêveries de mes quinze ans, le parent de ces qualificatifs magiques, sauvés de toute banalité depuis un instant, depuis que j'ai vu Marcel approcher sur le chemin, dans la dernière flamme du soleil. Qui peut bien être cette institutrice du Villaret pour accepter de monter en croupe avec lui ? Marcel devait être fier de son amazone et trop heureux de l'aventure… Mais ce fat croit-il que toutes les institutrices sont prêtes à se ridiculiser pour lui ? En tout cas, me voici obligée d'aller au « chef-lieu » puisque c'est ce que je lui ai dit tout à l'heure.

Le chemin est court à qui fait, en chantant, danser des pensées dans sa tête, et je suis surprise d'être si vite arrivée. Que faire au chef-lieu quand ce but n'a été qu'un prétexte ? Se rendre à l'épicerie, ne serait-ce que pour acheter un grain de sel ou un morceau de sucre...

Je pousse la porte de bois plein, qui, dans un mur mal crépi, remplace les vitrines de la ville. J'ai nommé le magasin épicerie, j'aurais pu tout aussi bien, après un rapide coup d'œil, l'appeler quincaillerie, mercerie, boulangerie ou primeurs. Roses et bleuets en guirlandes, sur des festons de papier peint, bordent les rayons où s'empilent des assiettes et des casseroles, des boîtes de boutons et de dentelles, des paquets de pâtes et des pots de confiture. Sur une table grossière – le comptoir – se bousculent des boules de pain, des sachets de sucre vanillé, des rouleaux de réglisse noire avec au milieu une perle rouge ou verte. Sur une autre table de moindres dimensions, des poteries aux bavures criardes portent, tracé entre deux fleurs d'edelweiss : « Souvenir de Saint-Paul »... Souvenirs hideux qu'au retour de vacances on rapporte à des amis et dont ceux-ci font ensuite cadeau aux gamins des voisins pour désencombrer leurs buffets... Souvenirs à l'image de celui que j'emporterai certainement de mon séjour ici.

Toutes les merveilles d'un bric-à-brac sont accrochées aux murs : cartes de parfums « grand luxe » à 2 fr. 50 ornées de flacons en forme de bonshommes, de tonneaux ou de chouettes coiffés d'un bouchon, barrettes « haute mode » étincelantes d'étoiles en faux brillants ; galoches pendues en grappe par les lacets, cannes décorées de l'inévitable edelweiss. Une robe de fillette à manches longues, d'un rouge écarlate, frôle à chaque courant d'air venant de la porte des tabliers en voile fleuri destinés aux jeunes filles assez hardies pour se mettre à la mode des villes. Des toiles d'araignées géantes estompent les angles et retiennent la nuit qui vient par l'unique fenêtre. Une flamme crue d'acétylène éclaire soudain, au-dessus de l'étagère, une touffe de gui et des calendriers constellés par les mouches. Tandis que j'avance, absorbée dans la contemplation de l'épicerie, sournoisement un cageot de raisins m'attend au milieu du passage et me précipite, à me rompre les os, contre le comptoir.

Dehors, je plonge dans le crépuscule qui commence à se bleuir de nuit. Je marche l'esprit préoccupé par l'addition copieuse de l'épicier, par le rapport directement proportionnel qui lie l'altitude à la valeur des marchandises et que j'ai déjà appris de Mme Maclaz. Le portefeuille ainsi délesté, je passe, pour aborder la côte, devant l'unique café du village, juché au premier étage d'un chalet, à l'extrémité d'un balcon de bois. Une jeune fille me hèle et descend :

« Je parie que vous êtes l'institutrice de Trente-Planes ! C'est chic, on va pouvoir faire route ensemble. Moi, je suis au Villaret et j'avoue que je n'aime pas trotter seule la nuit. »

Et je pense en moi-même qu'elle préfère certainement trotter en galante compagnie, sur un mulet...

Depuis qu'elle a commencé à parler, je n'ai pas eu le temps de placer un mot, et nous sommes déjà à mi-chemin.

« Nous avons les deux plus sales bleds... Il y a aux Frênes un pédago tout ce qu'il y a de marrant. D'ailleurs vous le verrez, car une excursion est projetée et justement on devait passer chez vous pour vous enlever... On forme un groupe épatant. Moi, je m'appelle Solange... Quel pays, hein ? »

Comme elle est rondelette, la côte l'éprouve un peu. Pendant qu'elle se tait pour reprendre haleine, je peux enfin gémir sur mon installation. Bientôt, elle enchaîne :

« À qui le dites-vous ! Car vous n'avez rien vu. Je vous ferai les honneurs de mon palace... Ça alors, c'est une bicoque ! » Puis changeant de sujet, elle continue : « Dans votre hameau, la seule personne intéressante c'est Mme Péchozel, une très brave femme ! Et Marcel Maclaz, vous le connaissez ? » Un instant ses yeux brillent. « Dommage qu'il soit un paysan. C'est égal, quand un gars pareil vous regarde... »

Et secouant ses boucles d'un coup de tête, elle me provoque :

« Ça vous amuserait de faire marcher un homme ?

– Moi ? Je n'ai jamais essayé. C'est à voir !

– Vous n'avez pas un fiancé, quelqu'un ?

– Hélas ! non. J'ai rompu une vague amourette pour préparer mon examen de sortie.

– Et ça ne vous tente pas ?

– Je cherche... Je suis un peu difficile.

– Ah ! la la, trois mois de Saint-Paul, et vous épouserez le premier âne coiffé pourvu qu'il vous demande. »

Un instant, je revois les flacons de l'épicerie avec un âne rose de parfum, coiffé d'un bouchon...

« Un âne, ça doit être rare dans ce pays de mulets.

– Riez toujours, nous verrons bien.

– Ce que je vois pour l'instant, c'est que vous n'avez épousé personne.

– Oh, moi... Ce ne sont pas les partis qui m'ont manqué... Mais vraiment, je ne suis pas faite pour le mariage. »

La nuit est venue, poudrée d'étoiles. La vallée, parmi les monts, creuse un grand bateau dont la proue est là-bas, sur les glaciers, et qui attend, dans l'air immobile, l'éternelle croisière.

Le Villaret est dépassé. Solange m'accompagne en silence ; elle semble réfléchir. Soudain, elle fredonne : « Si, si, do, la, la. » Nouveau silence après lequel elle m'apprend qu'elle compose des chansons. Dès qu'elle aura adopté définitivement un style et qu'elle sera connue du public, oh ! alors adieu, le Villaret ! « Vous comprenez, avec la gloire, je trouverai mieux qu'un petit pédago de village ! Je ne suis pas pressée de me marier ! »

Tout à coup, je sursaute ; on vient de bouger derrière un bosquet, en contrebas de la route. Je n'ose rien dire. Tout mon corps n'est plus qu'une immense oreille tendue vers la droite... Encore un grand froissement, puis un choc clair. Ma compagne se met à rire :

« L'an prochain, vous y serez habituée. Il y a beaucoup de travail pour une saison si courte. Certaines familles restent aux champs jusqu'à la nuit noire. C'est sans doute une bonne femme qui rassemble ses pioches... Dommage qu'on ne puisse la voir : je parie qu'elle a son grand chapeau de paille. Vous avez remarqué ces espèces de sombreros qu'elles tressent à la main ? Sous la neige même, elles lavent au ruisseau avec leur paillasson sur la tête. Et il tombe un flocon par-ci, un autre par-là. Quel pays de cinglés ! »

Sur ces paroles décisives, nous nous séparons.

Longtemps, la nuit répète nos voix de plus en plus lointaines :

« À demain... Hou ! Hou !... À demain... »

CHAPITRE XI

LA COLONIE PÉDAGOGIQUE SE DÉPLACE

Des pas lourds se hâtent... Puis il en vient de sonores, d'autres élastiques... Et soudain, le calme se fait. J'ouvre la porte toute grande. Bousculades, cris, rires, présentations à la volée: ma chambre est envahie.

On s'extasie en connaisseur devant la variété de mon mobilier: caisse drapée d'un châle en guise de table à thé, caisse habillée de cretonne servant de coiffeuse, caisse avec trois rayons formant bibliothèque. L'élément de base du mobilier n'est plus la planche, mais cette unité plus complexe: la caisse. À plus de mille mètres d'altitude, elle satisfait les exigences les plus raffinées. Quand il me faudra partir, elle deviendra, suivant sa taille, malle ou valise. En voyage, elle n'offre, paraît-il, qu'un désagrément: c'est, au moment où vous contrôlez le nombre de vos colis, d'agripper immanquablement vos meilleurs bas de soie – car on se fait belle pour retourner dans la vallée – et de les ajourer. Mais on peut bien lui sacrifier une paire de bas ; elle met tant de bonne volonté à servir les nomades que nous sommes.

En souriant, j'observe mes invités. Avant de faire plus ample connaissance avec moi et de chercher à savoir quel personnage je peux bien être, ils prennent possession du logis. Une fois installés dans la place, ils s'enquerront sans doute de celle qui l'occupe... Leur sans-gêne m'épargne la peine de parader devant un groupe avide de me juger d'après mes moindres gestes. Chacun se fait à soi-même les honneurs de ma maison. C'est ainsi, perdue en montagne, qu'avec des collègues aussi désemparés que moi, je retrouve une ambiance fraternelle qui fait paraître naturelles toutes les familiarités. Dès leur entrée, j'ai été heureuse de me sentir parmi eux, et de regarder évoluer des gens de mon espèce.

Les deux anciens, qui ont déjà passé un an à Saint-Paul, ont disparu : Solange, l'institutrice du Villaret, a pénétré dans ma cuisine, suivie de Robert, le « pédago marrant » des Frênes, avec qui elle rit aux éclats... peut-être parce qu'il est séduisant et qu'une jeune fille trouve toujours de l'esprit aux jolis garçons. Geneviève, sombre et belle, s'attarde devant mon minuscule miroir, où François, le jeune homme grave avec des lunettes à monture d'écaille, complément indispensable de sa gravité, l'entretient de son emploi du temps. Louis promène son visage criblé de taches de rousseur de mes livres à mes gravures. Janine m'offre mollement son aide pour remplir mon sac tyrolien, tandis que Jean-Claude, avec désinvolture, inspecte mes préparatifs.

« Deux boîtes de conserve au lieu d'une : prenez des sardines avec le pâté... Pourquoi vous charger à la fois de confitures et de chocolat ? L'un ou l'autre suffisent. Les sucreries, ça n'ôte pas la faim en excursion. »

Je proteste et me refuse à obéir. Robert revient de la cuisine au moment où je m'oppose à Jean-Claude qui, à toute force, veut retirer de mes provisions une autre boîte de conserve. Il nous saisit tous deux aux épaules :

« Dites donc, citoyen et citoyenne, oui ou non enseignez-vous les Droits de l'Homme : Liberté ! (Et d'un geste large, il enfouit dans le sac le pot de confiture que Jean-Claude a jeté sur le lit.) Égalité ! (Et il casse pour lui-même la moitié de ma tablette de chocolat.) Fraternité ! » Il noue nos deux mains et rejoint

Solange, tout en faisant triomphalement crisser le papier d'étain du chocolat qu'il se met à manger. Je suis interdite d'un tel aplomb.

À leur arrivée ils m'amusaient, mais maintenant j'ai presque envie de les mettre à la porte. C'est cela, l'admirable camaraderie vantée par Solange ? Je me sens un peu déchue de mes prérogatives de femme habituée aux égards.

J'ai connu certains de leurs collègues, frères ou camarades de mes amies, tous étaient discrets et courtois. Ici l'isolement doit éprouver même les meilleurs. Marcel n'est certes pas pire qu'eux, et combien plus beau !

Soudain, je sens la main de Jean-Claude restée dans la mienne… La main dans la main, nous devons avoir l'air ridicule et touchant ! Mais personne ne s'intéresse à nous.

À la fenêtre, François et Louis voient le paysage par les yeux de Geneviève. Janine se recoiffe. Robert et Solange sourient de mon travail empilé dans des classeurs sur mon bureau.

« Trop de zèle, cette débutante… Cent lignes maintenant, deux lignes dans trois mois. Ma pauvre petite, on voit bien que vous ne connaissez pas encore cette catégorie d'élèves : ça ne sait ni A, ni B, et vous leur préparez des discours! Prenez leur livre et rabâchez, rabâchez jusqu'au moment où ça leur entrera enfin dans le caillou, alors vous serez une bonne institutrice, mais vos leçons-conférences, ça passe par-dessus leur tête comme le murmure du vent... C'est bon pour les gosses des villes qui savent déjà une foule de choses et qui s'intéressent à tout.

– Mais l'inspecteur, quand il viendra?

– L'inspecteur, s'il aime le boulot inutile, il vous flanquera évidemment une note potable devant toutes vos attrayantes paperasses... Mais il ne devrait rien regarder de tout ça, ne pas ouvrir un fichier de préparations, ne pas juger les méthodes pédagogiques avec l'esprit d'"en bas". Seuls les résultats comptent. Qu'il interroge donc les élèves, qu'il constate ce qu'ils savent de plus que l'année précédente et qu'il vous note en conséquence. S'il ne veut pas comprendre, eh bien, qu'il nous colle une sale note... Ça vaut tout de même mieux que de gaspiller les quelques semaines où ils viennent à l'école.

– Et avec un mauvais dossier, je moisirai pour le reste de mes jours à Trente-Planes! Non, s'il faut des leçons modèles, j'en ferai... pourvu que je m'en aille... Cependant, j'ai trouvé des accommodements. Tenez, par exemple, je peux me promener tous les après-midi, sans cesser de respecter le règlement. Chaque jour j'écris au tableau : classe-promenade hebdomadaire, suivi du nom du lieu choisi, et à une heure tapant, je pars. J'en ai assez de garder des tables et des bancs vides, alors qu'il fait si bon dehors. »

Bruyamment, on m'applaudit. J'exulte sans arrière-pensées, car dans la discussion j'ai oublié mes ressentiments. Janine et François, qui n'ont pas encore d'élèves, m'annoncent leur visite pour le lendemain. Les autres se réjouissent de cette entorse, bien innocente, faite au règlement. Ceux qui ne songent même pas à instituer pour les écoles de haute montagne des programmes réduits et dépouillés de beaucoup d'enseignements accessoires sont bien plus coupables que nous. Des parents m'ont déjà demandé si j'allais, comme l'autre maîtresse, « faire perdre du temps à la gymnastique »...

Nous nous mettons en route pour les glaciers du Péclet, déjà enneigés par septembre, et qui se perdent là-haut dans un chaos de sommets. Derrière le village, la vallée tourne et se hisse jusqu'à une autre vallée, invisible depuis Trente-Planes. Brusquement, un passage dans les éboulis découvre un cirque étroit de cimes scintillantes. Les rochers se brisent au-dessus de nous en arêtes grises ou lilas, en éclats de schistes, en poussière d'écume envolée des cascades. Les glaciers se rapprochent au-delà d'une conque fauve où coule le Nant-Gris. Les érables dorés ont disparu, faisant place à une végétation naine, une broussaille d'herbes sèches, de chardons bleus, de linaigrettes en houppes soyeuses et blanches, de rhododendrons et de myrtilles où l'automne met des feuilles rouges comme des fruits. Sur la gauche, tout un versant s'embrase d'herbes pourpres.

La journée est d'une limpidité inconnue dans les pays de plaine. Pas un lambeau de brume ne comble les bas-fonds. Les montagnes, libérées du halo mauve de l'arrière-saison, cisèlent leurs aiguilles sur l'horizon. Seul le ciel a parfois des langueurs automnales, des ombres soudaines, des nuages déchirés qui se débandent, dévoilant une éclaircie bleue, et bousculent leurs traînes éblouissantes.

On s'exclame, on crie autour de moi. Pour éblouir François, Geneviève cherche des effets de phrases. Solange escalade des rochers avec

Janine, à la recherche d'un cadre pittoresque pour des photographies. Louis apporte l'appareil et Robert apprécie le décor choisi. Jean-Claude avance seul, sans nous attendre. Je reprends mon rêve ténu comme une fumée.

Mais bientôt, spontanément, nos voix s'élèvent en chœur. Notre joie chante dans le vent, les rochers chantent dans l'écho… Nous ne savons que chanter, tous unis, envoûtés par la grandiose beauté des montagnes…

« Faisons demi-tour ! Janine s'est foulé la cheville ! » déclare tout à coup l'un de nous. C'est l'accident banal, la fin de notre communion. Au milieu de l'alpage, un chalet nous accueille, non pas un chalet de carte postale avec un balcon de bois ajouré, mais une bâtisse aux quatre murs mal blanchis, écrasée sous un toit en lames de rochers, les lauzes, qui défient les avalanches et les ouragans. Sur un banc de pierre, une grand-mère rit à notre approche avec un plaisir silencieux.

Nous sommes pour elle l'imprévu de la journée, peut-être de la semaine. Depuis les myosotis jusqu'aux premières neiges, ses yeux s'emplissent d'herbe et de ciel. Hommes et femmes restent au village pour les travaux d'été. Les petits enfants, bergers dans les pâturages, ne rentrent qu'au soir. Auprès d'elle, qui est trop vieille pour être utile, l'aîné s'affaire à préparer le beurre et les fromages. Chaque dimanche, un mulet monte la nourriture et les nouvelles du hameau. Les six autres jours de la semaine, c'est la sieste sur le banc de pierre, face à l'horizon, la monotonie des heures et des mois que l'on tricote avec la laine grise d'un interminable chandail. Nous sommes, pour cette bonne vieille, les nouveaux instituteurs dont les faits et gestes défraieront les veillées d'hiver. Elle sait qu'elle ne nous reverra pas ici, car bientôt le temps ne permettra plus les excursions. Quand elle nous retrouvera, elle sera descendue hiverner dans son étable, avec sa famille et tous ceux du village, et cette pensée fait trembler ses mains et le grand bol de crème qu'elle apporte.

On frictionne énergiquement la cheville de Janine avec de la graisse de marmotte fondue, additionnée d'eau-de-vie. Soutenue par François et Robert, elle pourra nous suivre en boitillant. Alors nous quittons la vallée des chalets tapis sous leurs toits gris, dans l'immensité des rocs et des alpages.

CHAPITRE XII

Un temple du savoir

Le retour est joyeux. Notre contrariété aiguise notre verve. Il est question des amours imaginaires de Janine et du petit facteur à la jambe de bois, et l'on veut voir dans son accident à la cheville un signe du ciel réunissant les « éclopés » des membres inférieurs. En conclusion, Solange décrète que nous sommes « intellectuellement mûrs pour visiter sa cabane ». En route donc pour le Villaret !

Notre passage à travers Trente-Planes fait aboyer les chiens, s'enfuir les poules, cracher le chat jaune de Charlot. À la sortie du village, la Mélie, l'épicière, entrouvre sa porte puis se campe au milieu du chemin, son torchon à vaisselle sous le bras. Dans son champ, le Tonin croise les mains sur sa pioche ; sous son front que fait reluire le soleil, son regard nous suit goulûment. Au Villaret, trois commères, juchées sur le mur qui soutient la colline, se retournent vers nous puis échangent en patois des propos plaisants ou perfides – plutôt perfides puisqu'elles rient. Un ruisseau descend, clair à travers les sorbiers.

Sur le versant opposé au village, l'école solitaire surveille par une seule fenêtre le chemin hérissé de chardons assez hardi pour monter jusqu'à elle. À gauche, s'ouvre la gueule du four banal. Au rez-de-chaussée, une porte sale ferme la pièce où l'on pétrit le pain. Ces deux constructions en une seule sont une économie pour la commune!... Que n'aurait-on pas fait pour réduire les dépenses! La façade principale ne regarde ni la route ni le village, mais la montagne. Peut-être a-t-on voulu accuser ainsi l'impression d'isolement qui se dégage de cette maison dans les prés.

Marches creusées, cassées, rampe de bois brut avec son écorce, qui oscille et grince. Une porte, une classe avec quelques bancs d'écoliers, une table, une chaise, des murs où serpente le jaune lacis des gouttières, puis une porte qui s'ouvre de plain-pied sur une pièce longue et étroite comme un couloir. Solange annonce:

« Mes appartements! »

J'hésite à comprendre... Ces quelques pieds carrés, un logement? Incrédule, je regarde

Solange. Comment a-t-elle le courage de plaisanter, de sourire? Moi, j'éclaterais en sanglots! Comme dans une galerie de musée, elle nous présente chaque pièce intéressante: le lit-cage rongé de rouille, le fourneau triangulaire avec un trou sur le côté, la fenêtre – j'allais dire le soupirail – gardée par deux barreaux. L'un des deux a été descellé l'an dernier par un amoureux véhément qui voulait entrer par n'importe quel moyen.

« Imaginez, raconte Solange, un soir où tout craque de froid. Soudain un poing heurte à la porte de la classe, et une voix crie du dehors: "Ouvrez"... Vous ne répondez pas... De nouveaux appels. Des mains furieuses cognent à la vitre du soupirail, empoignent les barreaux et les secouent. Un objet métallique gratte le ciment, gratte sans arrêt... Une voix insensée supplie. Le volet intérieur, qui se rabat contre les carreaux, cache au dément votre affolement. Vous restez immobile, paralysée d'effroi dans la lueur rouge du pétrole. Et le métal gratte, gratte toujours le ciment. Cela dure longtemps, longtemps, jusqu'au moment où vient le jour.

« Il faut vivre tout ça, conclut-elle, c'est le baptême du feu. À votre tour, mesdemoiselles. »

Puis, se moquant de notre expression atterrée, elle continue :

« Allons, je ne veux pas vous effrayer davantage. Regardez mon plancher. Vous voyez ces trous sous le lit. Oui, j'ai un parquet à jour : Chaque mois là-dessous, on prépare la pâte (mais oui on a du pain frais une fois par mois, du beau pain de seigle bien noir) et on le pétrit avec les pieds... Si, je vous assure, avec les pieds. Quand je vous dis que c'est un pays marrant ! Renseignez-vous, vous verrez... Du reste vous en mangerez vous aussi de ce pain-là, quand le temps sera trop mauvais pour aller en chercher de plus blanc au chef-lieu. Les soirs où ils "font au four", les commères s'installent au rez-de-chaussée et ça bavarde, ça bavarde jusqu'au matin. Toute la nuit, la fumée monte, j'étouffe, je tousse, je fais grincer mon sommier. Ils s'en moquent, en dessous ; le tintamarre continue. Le lendemain m'offre une compensation : un plaisantin, pour chatouiller mon lit, a passé une quantité de brindilles dans les trous du plancher. Je n'ai ainsi qu'à me baisser et je trouve tout prêt le menu bois pour allumer mon feu. Ah ! je vous le dis, on mène ici une vie telle que l'imagination la plus délirante ne pourrait l'inventer. »

Nous restons muettes et tout l'entrain de Solange ne parvient pas à dissiper notre malaise.

« En somme, ma petite Solange, vous êtes mûre pour deux années de cellule. »

Inattendue, la phrase tombe dans le silence et ricoche en réflexions drôles d'où naissent de grandes ondes de gaîté. Enfin nous réussissons à plaisanter, énervés par notre infortune dans ce cadre sinistre où la lumière même est mesurée. Nous nous abandonnons à une familiarité de plus en plus grande.

En revenant chez moi, je mets de l'ordre dans mes impressions et surtout je laisse libre cours à mon indignation. Quelle honte de voir de pareils taudis alors que nous avons été formées dans des écoles modèles aux larges baies emplies de ciel, pleines de plantes vertes et de fleurs. Tant de grands discours sur notre rôle magnifique d'éducateurs pour nous amener là, pour nous loger comme des bêtes... Nous, si fières de notre savoir que nous avions cru qu'il nous donnait droit à un peu de considération ! Comment la population aurait-elle des égards pour nous alors que sont tolérées de telles humiliations ? Et les élèves, que peuvent-ils apprendre dans ce temple à la gloire de la Science, digne tout au plus des rats et des araignées ? Que reste-t-il de mes illusions de normalienne ? Qu'en restera-t-il dans quelque temps, quand mes élèves seront revenus des alpages ?

Je comprends que, révoltés, des instituteurs et des institutrices jeunes puissent laisser se développer entre eux un « esprit de bande » frondeur où ils désirent se retremper quand, las de se plaindre, ils éprouvent le besoin de rire un peu de leurs déceptions.

Il faut choisir : ou s'intégrer à une troupe de désabusés qui se jouent à eux-mêmes la comédie, ou se retrancher dans une solitude hargneuse... Ceux qui ont guidé notre vocation nous abandonnent là-haut quand nous n'avons pas encore le soutien d'un foyer. Plus tard, cahotés d'école en école, quelles lamentables loques serons-nous devenus ? J'ai peur des fléchissements que je pressens.

...Mais tout à coup rayonne en moi l'image de la vallée au milieu des cimes et mes yeux recréent l'excursion des glaciers.

Ceux qui, en bas, nous ont exilés ne savent pas ce qu'ils m'ont donné...

CHAPITRE XIII

Face à ma vocation !

Jusqu'à mi-pente, la neige encapuchonne la montagne. Un jour, à l'aube, les troupeaux descendent dans un ruissellement de clochettes. Englouti dans la marée sonore, le village s'agite, piaffe, crie, rit. Depuis lors, du matin jusqu'au soir, à travers les enclos, innombrables, obsédantes, tintent les « clarines ». L'air s'emplit de vibrations métalliques. Peu à peu, l'oreille assourdie n'entend plus qu'un silence surtendu où le vrai silence tomberait comme un vide mat.

Un matin, vers huit heures, je trouve au milieu de ma cour deux fillettes, la tête emmitouflée dans des châles jaunes et roses. Bientôt arrive un garçon vêtu d'un pantalon trop court et d'une veste de satinette noire. Nous entrons. Je fais l'appel. Les prénoms communs se mêlent aux prénoms désuets : Paul, Jean-Louis, Érasme… absents… Agathange… Le garçonnet se lève. Un garçon ? Agathe… Ange… ainsi décomposé, ce prénom, quand je l'avais lu sur le registre, avait fait naître en moi l'image d'une petite fille aux yeux verts… Une fillette bouclée… Je regarde mes deux gamines au poil rare et raide… Je suis encore obsédée par l'école modèle où, comme à la parade, défilent des élèves aux cheveux soigneusement peignés, et des marmots adorables. Je poursuis: Abraham… Les fillettes rentrent la tête dans les épaules, et ricanent dans leurs mains.

« Pourquoi riez-vous ? » Une minute d'indécision. « Voulez-vous me dire ce qui vous amuse ? »

– Ben voilà, l'Abraham c'est un terrible. Les maîtresses, elles peuvent pas le faire tenir tranquille. C'est qu'il est fort.

– C'est ce que nous verrons. »

On frappe à la porte. Une bonne femme avec deux frisettes sur les tempes me présente ses deux enfants: Pierrot et Mauricette Roux. « Mademoiselle, on m'a dit que vous étiez si gentille, commence-t-elle avec des contorsions. Si vous saviez ce que les petits sont heureux de "rentrer" avec vous. » Les flatteries collent à son palais comme du caramel.

« Eh bien, puisqu'ils sont si contents de venir en classe, ils tâcheront, désormais, d'être à l'heure, n'est-ce pas, mes petits ? »

Mme Roux redresse son buste, darde sa tête; les frisettes deviennent houleuses. Plus je m'efforce de la calmer, plus mes phrases excitent sa fureur. De chaque mot que je crois apaisant, elle tire un venin qui l'échauffe. Des filets pourpres dessinent sa couperose, depuis les pommettes jusqu'au menton. Elle gesticule en ouvrant la porte:

«À moi, me faire des remontrances devant mes gosses, devant toute une classe. J'ai été placée pendant cinq ans et jamais mes patrons m'ont dit un mot de travers. Ah ben! vous en êtes une belle maîtresse!»

Je me retourne vers mon auditoire, et sans paraître émue de ces insultes, j'articule en détachant chaque syllabe:

«Demain, je vous ferai une leçon de morale sur la colère en m'appuyant sur des exemples.»

Après cet intermède, je tente un examen rapide de calcul et de lecture. Je suis découragée! J'apprends que sur l'effectif total de treize élèves, six seulement savent lire. L'une des fillettes claironne:

«Y a trois ans qu'j'essaie à lire. La maîtresse dit qu'on a des têtes de bois. On est quatre qu'on oublie l'été c'qu'on sait l'hiver. La Mauricette Roux, elle, son papa lui apprend le soir: elle sait bien lire!»

On frappe de nouveau : « Entrez. » Un gosse, court sur jambes, file sur la pointe des pieds jusqu'à la table du fond.

« Alors, on ne dit pas bonjour ? Reviens ici ! »

Le gosse bredouille des sons bizarres. Pierrot me crie :

« Le Glaude Bottaz, y sait pas parler français. »

Je quête des éclaircissements.

« Ben oui, les petits, y parlent patois... Quand la maîtresse elle dit que'que chose, nous on leur explique en patois. On dit à la maîtresse ce qu'eux y veulent. »

Ça, alors, c'est magnifique ! J'aurais besoin d'interprètes dans ma classe ! Les rédactions des plus grands doivent être savoureuses si, à six ans, ils ne connaissent pas encore un mot de français.

Lorsque je passe à la géographie, personne ne sait que notre pays est la France, et Janine me lance d'une voix de triomphe :

« Y a jamais personne qu'a eu son certificat d'études... »

Ce que je comprends sans peine.

Les jours suivants, quand arrivent les plus grands, je me demande parfois si nous n'appartenons pas à des planètes différentes et si je réussirai à les civiliser. Pour être certaine, une fois au moins, de ne pas sortir du domaine de leurs connaissances, j'amorce une leçon de vocabulaire sur l'automne. Hélas! il ne pousse pas d'arbres dans les alpages et aucun d'eux n'a vu les feuilles jaunir avant de tomber. Pour ces enfants, il y a la fin du printemps avec ses bosquets verts, puis, au début d'octobre, quand ils quittent les chalets, des branches nues et sur le sol des feuilles sèches. Au bout d'un moment Thérèse Maclaz se souvient que, le jour de mon arrivée, elle était descendue au village et avait trouvé « une drôle de couleur aux bois », mais sans doute l'avait-elle jugée accidentelle, sans rapport avec la saison, puisqu'elle l'avait oubliée.

Ainsi privée du traditionnel sujet de rédaction sur l'automne, je réclame, au hasard, le récit d'une promenade à pied ou en automobile (je ne mentionne pas la bicyclette, presque inconnue à cause des pentes). En faisant le compte rendu des devoirs (rédigés en quel pittoresque jargon!), je m'étonne que pas un des quatre grands n'ait choisi le voyage en auto. Ils m'avouent alors que ni les uns ni les autres ne sont jamais montés en voiture, pas même dans le car. Ils n'ont jamais vu une ville ni une bourgade. Tout à coup, une fillette étourdie se dresse et s'écrie : « Si, moi j'y suis allée en auto, dans celle du docteur, jusqu'au Villaret. Oh ! la, la, ça va vite et ça secoue ! » Il faut ensuite que je reçoive des confidences où l'une raconte que sa grande sœur s'est rendue à Albertville, et l'autre que sa mère a même pris le train pour Paris. Esther ajoute :

« Et quand elle est revenue, elle mettait plus son bonnet. »

Un tel voyage a dû surmener les langues des commères. Les commentaires de l'héroïne ont sans doute fait rêver bien des soirs le village, tout autant que les lettres de la petite colonie de Saint-Paul émigrée définitivement à Paris. Maintenant, tous me racontent qu'ils ont là-bas soit un oncle, soit un cousin, qui revient parfois après des années d'absence. Ils se rengorgent comme si la gloire d'avoir un parent dans la capitale les éclaboussait de prestige, eux qui n'ont jamais vu ni un trottoir, ni un tramway, ni un magasin, ni la foule active qui s'écoule avec indifférence.

Je suis atterrée en parcourant l'îlot aride de leurs connaissances : les vaches, les chèvres, le foin, les pommes de terre, le temps, l'histoire du hameau, les cérémonies religieuses. De plus, chaque jour, le journal qui leur apporte un écho des crimes, des extravagances étrangères, des tremblements de terre. Un océan d'inconnu jette parfois sur leurs rivages une épave de la vie normale : un poste de T. S. F. à accumulateurs (puisqu'ils sont encore en pleine ère du pétrole), propriété d'un estivant chez qui défilent les curieux, et dont s'écartent les dégoûtés, un bouquet d'œillets entrevu chez l'institutrice, une photo d'un train qu'ils considèrent avec une attention égale à celle que j'ai eue pour examiner un cyclotron.

Comment vais-je utiliser mon année scolaire ? Faut-il les saturer, à force de punitions, des noms de capitales, de la succession des royaumes et des républiques, et insister sur le fait, évident pour eux, que les corps sont ou solides ou liquides ou gazeux, que le sel a une saveur salée et que le charbon brûle en dégageant de la chaleur ! Faut-il les entraîner à résoudre des problèmes compliqués, lorsque, plus tard, il leur suffira de multiplier le prix d'un kilogramme de beurre par deux ou par dix et de rendre la monnaie sur le billet qu'on leur tendra ? Je m'interroge même pour savoir s'il ne serait pas préférable de les laisser illettrés. Quel profit peuvent-ils retirer plus tard de la lecture ? Arriver à déchiffrer le journal et quelque inepte roman feuilleton qu'on se passe de main en main, écorné, taché de traces de doigts, de graisse, de vin. Tant que ne seront pas constituées des bibliothèques rurales composées avec intelligence, on peut les dispenser d'apprendre à lire. Maintenant que les familles ne sont plus assez nombreuses pour que deux ou trois enfants aient besoin pour vivre de partir pour la ville, que feront-ils plus tard de leur mince bagage d'écolier ? Inutile, dans leur vie larvée de montagnards, pour traire, tondre les moutons et porter des fagots, il leur servira uniquement à tirer de leur cerveau des bribes de souvenirs pour griffonner, à la place de leurs enfants pressés d'aller jouer au dehors, les brouillons interminables des devoirs du soir.

Tout ce qui fait la joie du monde : musique, arts, beauté, leur reste à jamais inaccessible. Ils n'ont jamais regardé la splendeur de leur montagne. Ils ne connaissent même pas le bonheur simple d'un intérieur ordonné, havre clair après la journée de labeur.

Affaiblie par mon isolement dans ce village sournois, aurai-je la force de rompre avec la tradition, et, au lieu de les surcharger de connaissances obscures, de les éclairer, de les détacher de leur vie animale pour leur faire contempler le monde ? Il me faudrait avoir dix années durant les mêmes élèves. Alors, peut-être… Mais je ne les garderai que quelques mois.

Mes pauvres rêves de normalienne ! On arrive avec un enthousiasme neuf, prêt à bouleverser les méthodes de ceux qui nous ont précédés, à faire du nouveau, des créations magnifiques…

Huit jours de classe à Trente-Planes, et on se heurte à un système vieux comme l'école, on se soumet à la même routine que les autres… On dévide son enseignement pendant des années, jusqu'à la fin.

CHAPITRE XIV

RAISONS DE VIVRE

À la nuit tombée, je promène ma lassitude à travers prés, sur les herbes séchées par le gel, dans les traînées de feuilles mortes. Octobre, de plus en plus, s'attriste. Je rêve moins souvent aux vacances passées car déjà j'ai le regret de certaines heures vécues ici.

Il y a une quinzaine, le jour s'attardait une demi-heure après ma sortie de classe et je courais chercher, plus loin que Trente-Planes, le dernier reflet de l'automne. Le torrent assoupissait des îles rousses entre ses bras d'acier miroitant. J'avançais à grandes enjambées dans les marécages, jouissant d'écraser l'herbe fauve, de lui arracher mon pied quand elle le happait, d'entendre le « flac » de la masse spongieuse. Je me perdais dans les sentiers, sous d'ardentes frondaisons, je regardais le ciel devenir mauve dans une éclaircie des feuillages. Je rentrais tard, avec une gerbe de branchages que la nuit chargeait de feuilles noires. Au bord de la colline, les feux de Trente-Planes étoilaient l'ombre. J'avais hâte d'allumer ma lampe dans la constellation du hameau.

Ce soir, les arbres sont dépouillés, nus comme ma vie. Je n'attends aucun réconfort, ni de la montagne, ni de ma classe. Délaissant le sentier, je reviens, décidée à traverser le village, à voir du monde. Sur le pas d'une porte, une fille lippue, aux cheveux courts, m'interpelle.

« Bonsoir, not' demoiselle, vous paraissez pas gaie ce soir. Le cafard ? »

Son aspect, ce terme d'argot m'intriguent. Si je n'avais un tel besoin d'échanger quelques paroles, je poursuivrais mon chemin ; mais c'est le premier être qui s'intéresse à moi aujourd'hui, aussi je m'arrête. Ce doit être cette fameuse Pépée dont m'a tant parlé Mme Péchozel. Tout à fait l'air de ce qu'elle est ! Il paraît qu'elle annonce à tout le monde ses déplacements à Moûtiers, mais les gens de Saint-Paul ne la rencontrent jamais dans la rue quand ils descendent à la ville. Un jour, M. Péchozel a même fait remarquer à sa femme avec malice :

« Elle peut pas être en même temps par les chemins et dans sa chambre ! »

Elle arrive de Moûtiers, où elle vient de passer un mois. J'aimais, au retour de mes randonnées, voir au loin sa maison qui semblait endormie à jamais avec son toit de chaume, sa porte pleine et sa fenêtre minuscule. On aurait dit une chaumière, comme on en voit sur les images, que le temps aurait oubliée là, après avoir recouvert de mousse la paille du toit et le banc de pierre.

« Ça vous plaît pas, ce pays ? Y faut pas s'en faire pour les gens et encore moins pour les gosses ! »

Elle attend de moi une réponse qui ne vient pas, et se rapproche jusqu'à me toucher :

« Une peine de cœur, peut-être… ? Et pourtant, les hommes, y a que ça de bon. »

Y a que ça de bon ! Une araignée velue se balance à son fil, au-dessus de ma tête. Je sursaute et je m'écarte.

Je rentre à grands pas, vide comme un grelot où tintent les mots de la Pépée.

CHAPITRE XV

UNE HISTOIRE DE VILLAGE, COMME TANT D'AUTRES !

Un matin, Abraham fait son entrée à l'école. Il s'avance, toisant le menu peuple qui m'entoure, grand, rouge, musclé, plus haut que moi, les pantalons fuyant la cheville jusqu'à mi-mollet. À quatorze ans, c'est un véritable colosse. Que ferais-je, s'il se mettait tout de bon en colère ? Ma dignité d'institutrice ne pèserait pas lourd dans ses mains.

D'une voix puissante, il me salue :

« Bonjour, mademoiselle !

– Bonjour, Abraham ! »

Un beau sourire, puis, l'œil sévère, j'ajoute :

« Ôte ton béret pour me saluer. »

Dans sa surprise d'être ainsi reçu, il obéit ; tortillant son béret dans ses mains, il regarde ensuite autour de lui avec un demi-sourire. On se met en rang. J'ordonne :

« Découvrez-vous en passant près de moi. »

Abraham se recoiffe. Je prends la tête de ma colonne et je m'arrête sur le palier. À cause du froid précoce, nous nous sommes installés dans la salle du premier étage. Mes élèves montent un à un. Quand Abraham arrive près de moi, d'un revers brusque de la main, j'envoie son couvre-chef au bas de l'escalier.

« J'ai dit de se découvrir en passant près de moi. Redescends chercher ton béret et excuse-toi si tu veux entrer dans la classe. »

Après deux ou trois expériences aussi cuisantes, Abraham s'est assagi et je n'ai pas eu d'élève plus docile ni de commissionnaire plus empressé.

Hier, l'air grave, il m'aborde à la récréation et demande à me parler en secret. Je rentre avec lui, et il chuchote, retenant à grand-peine sa grosse voix :

« Faut pas être rapporteur, mais tout de même !... Y a la Paulette Bottot qui voulait me vendre trois cahiers à vingt sous.

– Eh bien, c'est un prix raisonnable.

– Ben vouai, mais y a l'Athalie qui lui a vu mettre dans son cartable avant le balayage, quand vous êtes descendue : les cahiers sont à l'école. »

Sur la dernière phrase, la voix d'Abraham vibre d'indignation. Ah ! c'était donc Paulette qui faisait disparaître un jour ma gomme, l'autre jour un crayon... Rien ne ferme à clef et je ne peux, durant les récréations, surveiller à la fois la classe et la cour. Il est ainsi très facile de se servir. Abraham m'assure que la Paulette en a vendu à l'Érasme Verdors et à Pierre Roux, peut-être même à la Thérèse Maclaz.

Je fais venir la coupable.

Elle arrive, maigrelette, sale, ses cheveux de filasse tirés sous un béret douteux. Tout de suite, elle se défend comme une innocente, fixant sur moi un regard aigu, sans baisser les yeux. La récréation terminée, j'appelle mes élèves et je les interroge. Personne n'a acheté un seul cahier, ni Érasme, ni Pierrot, ni Thérèse. Dans son coin, le gros Popol articule d'une grosse voix pâteuse :

« Tu vas voir, Paulette, faudra te donner aux tarabés de Rozé. »

Les tarabés de Rozé, ce sont les habitants goitreux d'un village voisin, qui servent d'épouvantail pour les enfants de la région.

Tous éclatent de rire. Dans cette atmosphère détendue, je me prends à douter de l'accusation d'Abraham. J'attends la sortie de classe, puis je me précipite chez Mme Maclaz à la recherche de la vérité.

Quel sourire m'accueille ! La brave femme laisse sa brassée d'herbe au milieu de l'étable pour venir vers moi.

« Mais bien sûr, mademoiselle, que la Thérèse a acheté un cahier. C'est son père qui a voulu. Il lui passe tout. »

Indulgente, elle rit à sa manière, entr'ouvrant à demi la bouche tout en plissant les lèvres. Soudain, elle s'indigne, comprenant enfin ce que je viens de dire :

« Ah, cette Paulette Bottot, elle nous met dans de ces histoires ! Si au moins on pouvait faire partir ces vauriens du pays. Toute la famille est comme ça. Ça trouve toujours quelque chose à voler chez le voisin. Le Marcel va joliment l'astiquer. Vous verrez, elle vous prendra plus rien après. »

Quand je lui demande de restituer le cahier, elle se récrie :

« Vous comprenez, on l'a payé ! Et vingt sous, c'est pas rien, ça en fait des heures de travail à la campagne. À la ville c'est vite gagné, mais pas ici. Avant, faut que la Paulette rapporte les sous. »

Je sors un franc de mon porte-monnaie. Elle me remercie à sa façon.

« Le Marcel vous le fera rendre, il vous laissera pas perdre vingt sous comme ça. Venez prendre le cahier. »

Chez les Verdors, l'affaire est plus délicate à traiter. Dès les premiers jours de mon arrivée, je m'étais attiré les fureurs de la Mélie Verdors. On m'avait dit qu'elle tenait l'épicerie du hameau. J'allai donc lui acheter des pâtes à potage. À ma demande, elle prit un air outragé :

« Des pâtes à potage ? Moi, je vends que des nouilles.

– Alors, tant pis. Au revoir, madame. »

La porte refermée, une voix grinçante comme un vieux verrou me poursuivit de son indignation :

« Ça veut apprendre aux enfants les bonnes manières et ça sort de l'épicerie sans rien acheter. Ça en fait des grimaces ! Ben vrai ! sortir sans rien prendre... Ah ! non, ça me va pas. »

Depuis, j'ai en vain guetté une réponse à mes paroles les plus engageantes.

Aujourd'hui, vêtue d'une robe largement rapiécée, elle me reçoit les cheveux en bataille, avec un bonjour aussi pointu que son nez : la sorcière dans son antre ! Et c'est bien un antre, cette épicerie-café : deux tables maculées de taches et de cercles vineux, une autre chargée d'une balance. Dans le coin le plus obscur, sur la terre battue, picorent une dizaine de poules.

« Si vous venez pour les cahiers, c'est pas la peine, y sont déjà écrits.

– Comment ? Érasme en a reçu suffisamment à l'école pour ne pas avoir à se servir de ceux-là.

– C'est moi que je les ai pris pour les comptes.

– Vous n'auriez pas pu en acheter ailleurs ?

– Ailleurs, les mêmes c'est vingt-cinq sous.

– Les miens vous coûteront plus cher si je dépose une plainte pour vol.

– Une plainte ! C'est-y qu' vous voulez mettre les gendarmes dans les affaires du village ? Nous, on s'arrange entre nous. Jamais un gendarme a mis les pieds ici. Y en a qui sauront leur casser les reins. »

Je pars, très incertaine des résultats de ma troisième démarche, celle que j'ai réservée pour la fin. Comme va me recevoir la mère Roux ? Mais là où je m'attendais à une tempête, ce ne sont que sourires, protestations attendries, café à la crème… et : « Il faudra revenir nous voir, on s'était mal compris l'autre jour, faut tout de même pas faire des histoires pour si peu. » Malgré toutes ces manifestations d'amitié, chez elle non plus je ne récupère pas les cahiers gratuitement.

« La Paulette voudra jamais rendre les sous. »

J'avance encore deux francs. Je la quitte, assez satisfaite à l'idée qu'à l'avenir, pour éviter des histoires de ce genre, personne ne se risquera plus à acheter des objets volés à l'école.

Il ne me reste plus qu'à aller dire aux parents de la coupable ce que je pense de leur fille et à demander réparation. Leur maison s'accroupit dans une cour emplie de fumier. À la fenêtre, papiers et bouchons de paille remplacent en partie les carreaux. Des graffiti noircissent la porte, à laquelle je frappe. Je la pousse après avoir vainement attendu qu'on me crie d'entrer. L'écurie est si sale que je reste sur le seuil. Un vieux bonhomme à tête de forban et une jeune fille qui a autant de boutons sur la figure que de taches sur son jupon, me dévisagent. Je leur expose les raisons de ma visite. La jeune fille manifeste une sainte indignation, tandis qu'une lueur cruelle passe dans les yeux du vieux bandit.

« Ah ! elle me paiera ça, la garce. »

Mais quand il s'agit de rendre l'argent, le bonhomme jure qu'il n'a « pas vu rentrer des sous dans la maison ».

« Pour sûr, elle les aura perdus ou donnés en route. »

Sur le chemin du retour, j'empoigne la Paulette qui court à la suite d'une bande de gamins. Elle m'assure qu'elle a remis les pièces à son père pour acheter du tabac, « même que la Lili m'a vue lui donner ». Je lui administre une bonne paire de taloches en guise d'acompte sur une punition plus exemplaire et plus réglementaire. À vrai dire, les gifles étant interdites à l'école, je profite de cette occasion pour me venger au dehors de toutes les fois où la main m'a démangée en vain.

À ma porte, la grande Lili m'attend, un litre de lait à la main.

« Pour vous faire plaisir, mademoiselle... C'est du lait tout chaud.

– Vous savez bien qu'une institutrice n'a pas le droit d'accepter les cadeaux des parents.

– Ça nous fâcherait drôlement si c'était vrai ! Puisqu'on le donne. »

Que faire ? Le lait paiera une partie des cahiers. Je le garde pour moi ; je verse l'argent à la caisse de l'école et... je jette le lait dans le seau d'eaux sales car il me serait difficile de le boire après avoir vu le taudis d'où il vient!

Il me reste à faire une démarche officielle auprès des autorités municipales pour signaler le délit. Le premier conseiller me reçoit gentiment et ne consent à m'écouter qu'après m'avoir coupé un morceau de pain et de tomme. Tandis que j'entaille le fromage, la femme du conseiller entre, et son attitude me prouve sur-le-champ qu'elle n'a oublié ni mon fou rire lors de mon arrivée, ni le nudisme de Georges.

« Ah! vous mangez... » dit-elle d'un ton pincé.

Quand elle connaît le but de ma visite, son visage s'empourpre de contrariété.

« Le Glaude aurait pas pu vous dire plus tôt d'aller trouver l'autre conseiller? C'est lui qui s'occupe des fournitures. Bétian, va! »

Le « Glaude » s'essuie les moustaches:

« Ben oui, faut voir le collègue. »

Ce mot, qui fleure le parler des villes, lui emplit la bouche; il le répète avec fierté, pour lui-même: « Le collègue verra. »

Chez le deuxième conseiller, on paraît mécontent qu'en toute innocence je sois allée chez le premier. « D'abord y a qu'à arrêter l'histoire, la commune peut bien payer. On va tout de même pas mettre des serrures partout dans la classe. » Au cours de la conversation, j'insinue malencontreusement que l'autre conseiller m'a annoncé l'arrivée du tuyau de rechange pour mon fourneau. Aussitôt la femme et le mari protestent :

« Mais y a point de tuyau ! Le Glaude y promet toujours pour rien, y ferait mieux de surveiller sa fille. Ah ! y croit qu'un fils riche comme mon Léon va la marier !... Elle a qu'à aller se frotter au beau Marcel puisque toutes les filles sont pour lui. »

Je rentre chez moi fatiguée quand, dans une enfilade de granges, j'entrevois Marcel en train de rouer de coups Érasme. « Voleur, sale tête... » Il me semble qu'il jette un coup d'œil dans ma direction, mais j'ai dû me tromper. Il ne se rend certainement pas compte de ma présence, car il poursuit : « ... faire de la peine à la maîtresse, tu vas voir si tu vas me le payer... » Et les coups redoublent.

Sa brutalité me révolte. Mais je songe que c'est pour moi qu'il bat ce gamin... Y aurait-il dans ce pays quelqu'un de sincère, capable de penser un peu à moi et de me défendre ? Je suis si excédée de tout le monde... Je m'enfuis, emportant dans mon cœur une petite joie tiède comme une boule de duvet.

Sous ma porte, une enveloppe est glissée. Elle contient dix francs et quelques mots, d'une écriture hideusement déformée:

«Quelqu'un qui vous aime.»

Marcel aurait-il eu le temps durant mon absence?... La petite joie me brûle... Ce geste maladroit me fait même un peu souffrir. Mais est-ce bien Marcel? Le Bissot, là-bas, dans son champ, lève sa tête mauvaise en entendant ma fenêtre s'ouvrir. Une grange cache la porte, sans cela il aurait vu l'entrée et j'aurais pu savoir qui était venu. Tout de même, si c'était Marcel...

Un pas pesant résonne dans l'escalier et un petit bonhomme jovial apparaît. Il a un regard bien brillant pour sa cinquantaine.

«Vous ne me remettez pas, demoiselle, c'est moi le maire de Saint-Paul. J'ai rencontré la Mélie Verdors, elle avait peur que l'affaire tourne mal... elle dit que vous avez donné les cahiers et que maintenant vous l'accusez de les voler.»

Je bondis d'indignation. Gintioz rapproche sa chaise jusqu'à frôler mes genoux.

«Pas la peine de vous défendre, petite demoiselle. Pour les cahiers, on a bien le temps.

Tout ce que ça a pu faire, c'est d'vous amener des ennemis. Ça, c'est pas prudent de vot' part dans le village. Y sont rancuniers comme pas un. Tout de même, est-ce qu'on devrait faire des histoires à un joli brin de fille comme vous ?

– Mais, monsieur le Maire…

– Appelez-moi Papa Gintioz, dit-il en me relevant le menton avec son index. Ah ! je serai content quand je pourrai vous rendre tout de bon un service et voir ces yeux-là me faire risette. »

Sa main hésite sur mon épaule, son visage se congestionne. Mes pommettes s'enflamment de colère. Brusquement, je me lève et je glisse dans sa main qui retombe contre son corps le billet de dix francs que j'ai trouvé sous ma porte.

« Tenez, pour le Sou des Écoles, c'est un don. »

Puis, me ravisant, je cherche dans mon portefeuille :

« Non, attendez, je garde celui-ci, prenez ces deux billets de cinq francs. »

CHAPITRE XVI

VEILLÉES

La première neige descend ce soir sur le village. Dans le crépuscule hâtif, de larges flocons s'écrasent sur la boue des chemins et poudrent les herbes. Une couche translucide nappe la terre détrempée, peu à peu s'étoile de blanc et s'épaissit. Le lendemain, il neige encore, la semaine suivante, les toits s'arrondissent sous un demi-mètre de neige onctueuse d'où chaque coup de vent arrache une poussière blanche, légère comme une fumée.

À la nuit tombée, les ténèbres s'animent. Les paysans vont à la veillée en groupes bruyants et les sabots claquent sur les chemins gelés. Je reste dans ma maison froide, étrangère à tous : je n'ai pas d'amis qui m'« espèrent » le soir. J'imagine une cour familière où le gros chien aboierait à ma venue. J'arriverais, les cheveux givrés, les yeux troubles de froid, secouant gaiement sur le seuil mes chaussures lourdes de neige. Quelqu'un ouvrirait la porte et, dans le rectangle de lumière, un sourire m'accueillerait… Pourquoi suis-je seule ?

Je rêve pour occuper les heures. J'ouvre ma fenêtre sur la nuit. Les soirs de lune, une vallée fantastique aux reliefs nouveaux se creuse dans une lumière très bleue. Sur la terre, les sommets projettent leur ombre éclaircie d'outremer, et, sur le ciel nocturne, ils irradient leur blancheur ainsi qu'une auréole. L'horizon de neige luit doucement, comme une veilleuse. Mes yeux suivent la lune ronde qui glisse dans son halo d'argent. Je hume l'odeur masculine que déroule ma cigarette. Sans souci du gel, le cerveau vide, je me perds dans le silence et l'infini. Tard, je me réveille de cette contemplation et je me mets au lit.

Bientôt je me lasse de ces veillées encore plus solitaires que les journées. La buée malodorante des écuries ne me répugne plus. Je me rends souvent chez Mme Péchozel, brave femme intelligente et vive, sans cesse en train de distribuer des taloches à son troupeau de mioches, toujours occupée mais toujours souriante. Ses yeux très jeunes égaient son visage sec et fatigué qui n'a plus d'âge. Elle bavarde, me renseigne sur tout le village pour le plaisir d'user le temps, sans méchanceté. Jusqu'à son mariage, elle était femme de chambre dans une excellente famille de Moûtiers. J'ai l'impression de parler à quelqu'un qui comprend le sens de mes paroles.

J'ai aussi fait la connaissance de deux braves vieux, dont le fils unique est chauffeur à Paris et qui m'accueillent dans leur vie refermée sur l'absent. Parfois, je me rends chez eux dès ma sortie de classe, Tandis que je pousse la porte, la mère Jeantotin passe prestement un chiffon humide sur la table, puis se précipite vers son buffet, incline un bol au-dessus d'une jatte de lait ; elle le promène à la surface puis le redresse, et, d'un coup de doigt, rabat la crème qui déborde. Une coulée de café fait au milieu un puits brun. On m'apporte sur une assiette la tartine que je n'ai pu terminer la veille avec d'autres, déjà beurrées. Et les deux vieux me regardent manger. De temps en temps, la mère Jeantotin verse un peu de café bouillant dans mon bol « afin que je ne perde pas la chaleur ». Dès que, n'en pouvant plus, je refuse de me gaver davantage, ils se lamentent de me voir un si piètre appétit. « Surtout, ne vous gênez pas ! C'est-y possible, à votre âge, d'avoir si peu de forces ! » À la fin de ce goûter, j'écoute le père Jeantotin évoquer ses campagnes du Tonkin et sa femme me parler de l'Argentine où elle est restée « à maîtres » durant quatre ans. Avant de commencer leurs récits, ils jettent un coup d'œil furtif vers la poche rebondie de mon manteau, puis, rassurés, continuent.

La pénombre est pleine de vie animale. De temps en temps, un agneau bêle dans son sommeil ou des poules s'agitent sur leur perchoir. Dans le silence qui tombe parfois entre deux phrases, s'amplifie le bruit gras et mouillé des mâchoires qui ruminent ou le grignotement d'une chèvre en train de ronger la traverse de bois. Il arrive qu'une vache se lève ou change de position ; alors nous nous taisons tant que le corps énorme n'a pas trouvé sa place, puis la conversation reprend.

Au moment de partir, avec de grosses taquineries, je pose sur la table un paquet de bonbons à la gomme :

« Voilà, mémé Jeantotin, pour vous adoucir la gorge quand vous aurez fumé tout le tabac de votre mari ! Vous, pépé Jeantotin, vous les sucerez pour éviter les refroidissements quand vous saurez aller à bicyclette. »

J'ai acheté des boules de gomme au chef-lieu. Chaque soir, j'en mets une douzaine dans un petit sac de papier. Je souris en pensant qu'après mon départ ils prendront religieusement chaque bonbon, le partageront en deux parts très égales et le suçoteront longtemps entre leurs vieilles gencives. Parfois, l'un d'eux, n'y tenant plus, se réveillera avant l'aube pour goûter à une moitié de boule et ce sera le gros événement de la nuit.

Quand je ne « veille » pas chez ces braves gens, je vais chez Mme Maclaz. Elle trône devant le bec à acétylène, tricotant sans relâche. Le père Maclaz se ratatine dans l'ombre sur la corbeille d'osier qu'il tresse en somnolant tout l'hiver. Thérèse pleurniche qu'elle ne comprend rien à ses devoirs du soir, et déjà tout le village murmure que je délaisse les bons élèves pour faire le travail des mauvais. Les samedis et les dimanches, où Marcel est chez lui, je viens très rarement. La mère le houspille, parce que, dit-elle, « il perd son temps à lire ».

Quand je suis là, elle me prend à témoin de la paresse de son fils et cela m'agace. J'ai aussi d'autres raisons de m'abstenir, des raisons confuses, dont la plus claire est que je me sens mal à l'aise en face de Marcel, dans la lumière crue de la lampe. Mes mouvements se raidissent, mes paroles se bousculent pendant que

Marcel s'absorbe dans la contemplation de ses doigts qui pianotent sur la table. Sur sa tête penchée, ses cheveux ont des crêtes brillantes comme les flammes.

Je lui apporte des livres depuis le jour où, sur la route du Villaret, il m'a dit à plusieurs reprises combien il souffrait d'être sans instruction.

« Et pourtant, si on avait voulu ! En classe, au régiment, j'ai toujours été plus malin que les autres... Au Villaret, la tante est comme la mère, elle supporte pas de me voir lire et la cousine Louisa veut toujours causer avec moi. C'est plus fort que moi, je lis quand même. »

J'ai choisi pour Marcel des récits instructifs et je me crois heureuse de poursuivre ma mission hors de l'école. Hélas ! ce que lui apportent les lectures n'est pas toujours ce que je suis en droit d'espérer.

« Il vous intéresse, Marcel, ce voyage au Congo ?

– Oui, mais ça fait rien, les nègres c'est de rudes fainéants dans ce pays-là. »

Ce soir-là, je développe des commentaires plus géographiques que les siens. Intéressé, il m'accompagne dans la cour et, pas à pas, arrive jusqu'à ma porte. Au moment de nous dire bonsoir, nous nous taisons, cherchant nos mots. Juste à cet instant, dans l'ombre, la neige crisse sous des pas furtifs. Qui peut rôder près de chez moi, à une heure si tardive ? Une silhouette a traversé un pont de clarté entre deux granges. Homme ? Femme ? Je n'ai pas pu distinguer.

Dès lors, Marcel prend l'habitude de me reconduire jusqu'à l'école. Il n'habite plus au Villaret depuis la neige. Si je ne « veille » pas chez lui, dès dix heures et demie, il m'attend dans le froid, chaque soir, devant la maison où j'ai passé la soirée. Mme Péchozel et la mère Jeantotin, en me souhaitant une bonne rentrée ont le même geste pour élever la lanterne sur le seuil et, après avoir éclairé la nuit, pour rentrer précipitamment en protégeant la flamme couchée par le courant d'air. Quand mes yeux s'accoutument au noir, ils voient, derrière un escalier ou une échelle, surgir la silhouette immobile de Marcel. Il est là, sans pardessus, protégé par son costume de velours et par un cache-nez enroulé d'où ses paroles sortent en buée. Nous marchons vite. Dès que, de l'intérieur, j'ai fait tourner ma clef dans la serrure, il s'éloigne en sifflotant. Je grimpe l'escalier, j'allume en hâte ma lampe, rassurée en pensant qu'il entendrait encore mon appel... Bientôt, le refrain de Marcel s'éteint dans la neige et, dans mes deux pièces, reprend la danse familière des ombres. Je ne crains plus rien, sauf le froid qui se resserre sournoisement autour de mon feu assoupi dans la cendre.

Puis viennent les soirs où je suis lasse d'inscrire les recettes de Mme Péchozel, d'entendre pour la millième fois le père Jeantotin me raconter comment il a, au Tonkin, mangé du serpent ou comment sa femme a vu, à l'escale de Dakar, les nègres envahir le paquebot pour « réclamer des sous » ; les soirs où le mutisme de Marcel m'exaspère, où je me retrouve trop seule près de mon feu, abandonnée ; les soirs, de plus en plus nombreux, où je pars chez Solange pour bavarder, en buvant du thé, la moitié de la nuit.

CHAPITRE XVII

La montagne en furie

Depuis huit jours s'essouffle la tourmente. Le poêle enfume la classe. Engoncés dans des châles, les enfants tremblent de froid en écrivant. Même lorsque le feu ronfle, le courant d'air glacial qui coule de la moindre fente gèle l'encre sur leurs pupitres. De cinq minutes en cinq minutes, il faut taper du pied et battre des mains pour se dégourdir. Le soir, dans mes pièces chauffées sans arrêt, je ne puis me dévêtir entièrement sans risquer un refroidissement grave. Je change simplement de chandail pour me mettre au lit.

Infatigable, le vent déploie devant mes fenêtres ses draperies de poussière neigeuse, les tord, les plaque aux carreaux, les lance à l'intérieur dès qu'une porte s'ouvre, puis, soudain, tombe avec elles sur le sol. Alors, durant quelques secondes, je revois les maisons et un coin du ciel.

Ce soir, je suis excédée d'être seule, de passer encore une nuit dans cette maison plus secouée qu'un navire dans la tempête. J'ai crié, avec des imprécations, la détresse de mon isolement, j'ai défié la montagne et j'ai osé sortir.

Le vent susurre là-haut sur les glaciers, puis tout à coup s'engouffre dans le col en hurlant. L'ouragan arrive… il est là… Un tourbillon de neige m'enroule dans son brouillard, une tunique glacée glisse sur ma chair, pique, brûle. La bise rageuse me plie, me fouette férocement, ferme mes yeux, plaque l'angoisse à ma bouche. Je suffoque, je vais tomber.

Inattendu, le calme s'immobilise.

La tourmente roule vers les vallées dans un nuage de neige. Les troncs multiples des érables et leurs innombrables rameaux frisés s'apaisent. Mon corps se crispe dans l'attente. Résisterai-je au prochain assaut? Personne ne s'alarmera si, ce soir, je m'endors sous la neige.

Une muraille de neige, amassée par le vent contre une barrière, me ferme la route du Villaret. Je reviens, cassée en deux par la tempête.

Encore des heures à garder les yeux ouverts dans le noir pendant que la nuit hurle! La grondante furie accourt. Une plainte étranglée râle aux fentes des portes, le vent rageur tourbillonne dans la cheminée, soufflant la fumée jusqu'à mon lit. Mon toit gémit, les volets fous frappent les murs, ébranlent les carreaux. Lentes, s'écoulent les heures, tordues dans les spasmes d'un infernal fracas. Je suis seule ! La nature déchaînée m'oppresse. Mon sang garde encore la terreur sauvage des êtres primitifs, mon cerveau croit reconnaître les secousses d'apocalypse dans lesquelles doit s'abîmer le monde. Je suis prisonnière de cette maison, livrée aux esprits d'épouvante qui cavalcadent dans le grenier…

Pour un instant, tombe un lourd silence.

Seule, je suis seule tandis que, dans les paisibles plaines, des jeunes femmes, mes compagnes d'hier, endorment l'amoureux bonheur de leur foyer.

CHAPITRE XVIII

AU VILLARET

Peu à peu le vent s'apaise. De nouveau j'essaie d'atteindre le Villaret.

Inlassablement je m'efforce d'avancer. Mon pied casse la couche glacée et, pour le retirer, l'autre s'enfonce à son tour. Emprisonnée jusqu'aux genoux dans la neige, je gémis, exténuée.

Tous nos camarades nous raillent, Solange et moi, parce que nous ne nous décidons pas à apprendre le ski. Seul François, instituteur au Paulay, vient encore nous voir. Les autres sont las de passer tout un après-midi ici alors qu'il fait si bon sillonner les pentes. Solange a décidé – sans doute pour ne pas agir comme tout le monde – de ne jamais dévaler une côte au risque de se rompre les membres, pour ensuite peiner en la remontant. Quant à moi, je suis venue ici sans connaître le véritable hiver, croyant me promener par tous les temps comme en pleine ville. Marcel m'a proposé de me prêter une de ses paires de skis, mais j'ai cru préférable d'attendre Noël pour en acheter. Il m'a promis qu'il serait mon moniteur. En attendant il sillonne les environs de Trente-Planes une bonne partie de la journée, et parfois va faire une compétition au chef-lieu. Il prépare, avec son équipe, le grand concours régional de Villandry. Marcel... un corps souple qui, d'un seul envol, raie la montagne jusqu'au torrent! L'espoir de Saint-Paul, paraît-il... J'arrive enfin au Villaret. Solange m'accueille bruyamment:

« Dieu soit loué! Un visage humain! »

Nous avons toute la soirée pour nous consoler, avec nos bavardages, de notre isolement. Soudain nos voix s'arrêtent. On a heurté l'escalier. Des bruits sourds de pas courent dans la neige. La rampe craque... On monte... On chuchote. Sept heures! C'est trop tôt pour un mauvais coup. Brusquement, j'ouvre la porte. Des ombres s'enfuient avec des rires. Solange m'avoue que plusieurs fois déjà elle et Louisa ont entendu des pas suspects. Louisa est la cousine de Marcel; elle vient l'hiver tenir compagnie à Solange car, depuis les tentatives de son soupirant, celle-ci s'inquiète à la pensée de dormir à l'écart du village. La jeune paysanne passe tout l'été dans un chalet, seule avec son frère, un gamin de dix ans. Rien ne l'effraie; c'est une montagnarde. Aussi, en sa compagnie, Solange se sent-elle courageuse. Mais aujourd'hui, avec moi, elle n'est guère rassurée.

Le lendemain, j'apprends au Villaret que plusieurs jeunes gens vont souvent rôder autour de l'école pour écouter nos conversations. Aussitôt, je leur dis ce que je pense de leur comportement et l'affaire s'en tient là. Je me rends presque tous les soirs chez Solange. Elle ne veut pas venir chez moi, sous le prétexte que sa santé lui interdit cette fatigue.

Bientôt Marcel change de maison et va de nouveau habiter pour une quinzaine chez sa tante. Dans la journée, il descend le foin des chalets sur de lourdes luges. Avant l'heure du dîner, il frappe à notre porte. Nous le recevons dans la classe. Il se retire, après un brin de causette coupée de silences. Solange fait remarquer que l'an passé il était plus bavard. Je songe que pas un homme du village n'a encore commencé à transporter du foin. Marcel est venu trop tôt au Villaret. S'ennuyait-il à Trente-Planes?

Souvent, le matin, lorsque je rentre chez moi, je distingue sa silhouette devant la grange. Je détourne la tête et je poursuis ma route dans le soleil levant… Sur les sommets, la neige rosit au bord des ravins bleus. L'air vif me détend. Je souris en affrontant ma classe monotone.

Quand il a trop neigé durant la nuit et qu'il serait imprudent de m'aventurer à pied dans la couche molle, le vieux Jeantotin arrive vers sept heures debout sur son traîneau. Sous son feutre délavé son visage rit de fierté tandis qu'il gravit la pente. Il date encore de l'ancienne génération qui vénérait les instituteurs. Il avale un doigt de rhum et nous partons vers mon école. Il excite de la voix son mulet et le traîneau file dans le paysage blanc. Assise à l'arrière, enroulée dans une couverture, je rêve.

Les bruits très doux, le glissement presque irréel des patins de bois bercent un monde enchanté… Je suis la princesse lointaine des contes, fuyant dans la féerie d'un matin de neige.

CHAPITRE XIX

LES NUITS HALLUCINANTES

Je reviens du chef-lieu. La nuit m'entoure et, dans le ciel, erre une grosse lune pâle.

Souvent, je ne rentre qu'à l'heure du dîner, retardée à l'épicerie du chef-lieu par les taquineries de Robert et de Jean-Claude ou les bavardages avec Janine et Geneviève. C'est, depuis le mauvais temps, le seul endroit où nous nous retrouvons. Il ne manque que Solange à notre petit groupe ; elle a, pour la neige, la même aversion qu'un chat pour la pluie. Enfermée dans sa « cellule », elle lit des journées entières ou compose des chansons qu'elle ne veut jamais chanter à personne sous prétexte que pour les « sentir » il faut l'ambiance d'un cabaret. C'est à peine si on me demande de ses nouvelles. Je crois qu'on ne l'aime guère.

François se joint parfois à nous pour aller prendre l'apéritif au bout du balcon branlant, sur une table du café. Ensuite, il m'accompagne jusqu'au Paulay. Souvent, je trouve une raison pour ne pas faire le trajet avec lui. Sa gravité cérémonieuse me déplaît; elle est déplacée ici, et de plus je crains ce que d'autres, en nous voyant rentrer côte à côte, pourraient imaginer…

Ce soir, je reviens donc seule à travers la forêt d'ombres que sème le clair de lune. La route s'embusque derrière chaque tournant. Jusqu'à présent, mes randonnées nocturnes étaient des promenades; aujourd'hui, c'est une lutte de vitesse entre moi et une menace qui rôde. Mon pas se précipite lorsque le chemin s'engage, solitaire, entre la montagne et le torrent. Au Paulay, des chiens aboient. Enfin du bruit! Derrière leurs carreaux sans volets, les paysans regardent qui passe. Tout un village est attentif autour de moi. À mesure que je m'éloigne, le calme renaît et mon malaise augmente. Je me retourne sans cesse: une présence est dans mes pas et me suit avec mon ombre. Je gravis en courant le chemin du Villaret et la veillée commence.

Onze heures! Le feu pétille d'allégresse, la lampe à pétrole pose sur les murs sa couronne d'ombres, le grand silence veille au dehors.

Bang! ra! Bang! ra, ra, ra, bang! Voici, juste au-dessous de nous, qu'éclate un tintamarre d'enfer ! Nous nous raidissons sur nos chaises. Onze heures cinq ! Bang ! Un coup massif, pareil au heurt d'un poing énorme sur une table ! Puis un silence où plus rien ne respire. Onze heures dix : un nouveau « bang ! » explose dans la maison. Onze heures quinze ! Bang ! L'entendrons-nous encore dans cinq minutes ? Onze heures vingt ! Bang ! Une brève détente passe sur nos visages, puis nos yeux s'agrandissent de peur en attendant onze heures vingt-cinq ! Bang ! Rien ne bouge ! Il n'y a plus, autour de nous, que le silence, avec, de cinq en cinq minutes, ce coup sur une table. Nous nous crispons, osant à peine respirer. L'aiguille saute une minute, puis une autre, une autre... Bientôt une autre, on n'en peut plus, une autre... Bang !

Minuit... toujours ce bruit... Si l'on entendait autre chose de vivant, mais non, toujours ce gong... toujours... au-dessous de nous sur les pétrins ! Il ne servirait à rien d'appeler au secours ? La neige, avec la distance, étoufferait nos voix. C'est peut-être un mouvement d'horlogerie qui règle le choc.

Solange éteint ! Les coups redoublent furieusement. Hélas non, ce n'est pas un mouvement d'horlogerie. Nous rallumons. Un lourd silence monte et se prolonge… Cinq minutes sont déjà passées, puis un quart d'heure… le silence dure depuis une heure… C'est fini.

Nous soufflons la lampe ! Le bruit recommence, hallucinant dans sa régularité. Nous rallumons de nouveau, mais cette fois il continue. Sur nos épaules pèse un mystérieux regard. Nos gestes se figent dans nos membres paralysés. Deux heures… trois heures… quatre heures ! Enfin, nous nous accoutumons à ces heurts réguliers, rassurées par l'aube qui se rapproche à chaque instant. Il n'est encore rien arrivé. Solange entonne d'une voix un peu rauque de peur :

« Qui est-c' qui passe ici si tard… »

Et nous nous contraignons à rire et à chanter. En bas, les coups continuent : Bang !… Cinq minutes… Bang !… Cinq minutes… Bang !

À sept heures, le bruit cesse… la nuit est finie.

La pensée que tout le monde doit être éveillé au hameau nous rend notre courage et nous risquons une sortie pour appeler Marcel. Au bas des escaliers, nous restons muettes de surprise. Il a neigé cette nuit, mais le ciel par endroits se troue de bleu. À sept heures, certainement, il ne neigeait plus depuis longtemps, et cependant on ne voit aucune trace de pas. Comment a-t-on pu s'enfuir? «Il» n'est peut-être pas parti! Nous courons au hameau. De l'autre versant, je surveille la porte par où «il» pourrait s'échapper. Marcel revient avec nous, riant de notre aventure comme d'une bonne farce. Dans la couche fraîche, il n'y a toujours que l'empreinte de nos souliers. Marcel ouvre d'un coup d'épaule la porte qui résiste. Sur un pétrin un poids d'un kilo est posé, mais la pièce est vide dans tous ses recoins... il n'y a personne...

La nuit suivante, je dors chez moi d'un sommeil coupé de cauchemars. Marcel est allé veiller jusqu'à minuit chez Solange, puis sa cousine est restée jusqu'au matin. Ils n'ont rien entendu.

Le lendemain, je reviens au Villaret, où mon amie est seule avec Louisa. La présence de cette intrépide montagnarde m'incite à rester. Nous trouverons bien de la place pour dormir toutes les trois. Nous taquinons Louisa, nous rions à gorge déployée et, soudain, nos bouches restent grandes ouvertes. Bang! ra! bang! ra, ra, bang! Que faire? Louisa est aussi blême que nous et un étrange malaise nous paralyse. Onze heures cinq : un coup ! Onze heures dix, encore un. Partir, il nous faut partir à tout prix, sinon nous deviendrons folles.

Quand, à distance, je me remémorais notre fuite, toujours la même crainte mystérieuse m'empêchait de plaisanter sur notre départ et sur notre équipement, mais je pensais que si notre « fantôme » était amateur de pittoresque, il avait dû rire de bon cœur. En tête, Louisa brandit une hache, Solange suit avec une casserole d'eau fumante et je ferme la marche en faisant des moulinets avec un lourd tisonnier. Rien ne bouge quand nous frôlons la porte du bas. Alors, nos pas hésitants s'accélèrent. Secouée par notre hâte, l'eau chaude se renverse d'un coup. Elle transperce la neige avec un « flac » qui évoque sans doute pour nous un autre bruit, car, d'un commun accord, nous détalons à toutes jambes vers le hameau.

« Marcel n'est pas là : il couche au chef-lieu », nous dit la tante avec un clin d'œil entendu. Marcel ! Qui peut lui plaire là-bas ? Et sa tante a l'air de trouver cette escapade drôle ! Elle nous offre pour la nuit sa maison d'été, deux pièces au rez-de-chaussée qu'ils occupent aux beaux jours, quand l'écurie devient trop chaude. Louisa ferme les volets de la chambre, puis nous souhaite le bonsoir. Nous nous endormons craintivement.

Un chien nous réveille en sursaut. Il contourne l'angle de la maison et aboie jusqu'à l'aube d'une fenêtre à l'autre. Tous les chiens des villages environnants lui répondent. Nous sommes rassurées à la pensée qu'avec un tel tintamarre personne ne dort et qu'il suffirait d'appeler pour qu'on nous entende.

Louisa arrive de bon matin pour savoir comment nous avons terminé la nuit. Tout à coup, ses yeux se portent vers la fenêtre et elle pousse un cri. Les volets sont légèrement entrouverts et la corde qui les tenait joints pend, coupée en deux. Heureusement, les barreaux nous protégeaient ! Quelqu'un nous a poursuivies jusqu'ici, quelqu'un d'étranger au village puisque les chiens se sont agités. Quand nous sortons, nous ne voyons, à part les sabots de Louisa, aucune trace de pas dans la neige.

Depuis lors, Solange est venue dormir chez moi où nous avons oublié les nuits hantées. Malgré le calme de Trente-Planes, chaque soir, sous prétexte de nous rassurer, Marcel reste avec nous à la veillée. Les familles, depuis fort longtemps, voient avec satisfaction les jeunes gens ou les jeunes filles du pays « aller veiller » chez l'institutrice. On m'accusait d'être « fière » parce que, jusqu'à présent, je n'avais pas adopté cette coutume. Que dit-on, maintenant, de voir Marcel Maclaz seul invité ? Peu m'importe ! Marcel est là, près de nous, jusque fort avant dans la nuit. Dans mon cœur, les soirées paisibles ronronnent doucement avec le feu.

CHAPITRE XX

UN MONDE ÉTRANGE

Toutes les suppositions logiques que nous échafaudons pour expliquer les bruits nocturnes se détruisent d'elles-mêmes au contact des faits. Je désespère de jamais savoir quel être mystérieux a voulu nous chasser de cette école isolée. Faut-il croire la brave mère Jeantotin ? Lorsque je lui ai conté notre aventure, elle m'a dit en baissant la voix, après s'être signée :

« Vous savez, des fois, dans la montagne, y s' passe des drôles de choses. Les gens d'en bas n'ont pas idée de ça. Des fois, c'est un avertissement pour un malheur qui arrive. Vous savez-t-y comment l'aveugle a perdu les yeux ? Un matin, il part à Moûtiers, longtemps avant le jour. En arrivant au Villaret, il entend des voix qui l'appellent. Il voit bouger des choses dans le noir. Il va pour s'arrêter, mais il se sent poussé en avant. Au Paulay, quand il veut rentrer dans une maison, on l' pousse encore parderrière. Y voit toujours personne. Tout le long, il entend des voix, des choses qui courent derrière lui et il peut toujours pas s'arrêter pour voir c' que c'est. C'est qu'à Moûtiers qu'il s'arrête. La semaine d'après il a plus vu clair. »

La pauvre femme s'aperçoit que son récit m'inquiète et, voulant détourner mes pensées du mauvais présage, elle poursuit :

« Oh ! mais c'est pas toujours ça. Y en a qui font des bruits, ou des apparitions, de la physique qu'on appelle, et ça annonce pas les malheurs. Faut croire que ça les amuse de faire peur aux gens avec des « sarvants », comme y en a qui sont d'accord avec le démon. Y a à peu près vingt ans, on a eu un curé qui avait des manières du diable. Une nuit, le Jean-Louis du Bornassay va l' chercher pour administrer la Marcelline qu'était quasiment morte. Quand y s'en vont d' la cure, y fait monter le curé derrière lui, sur le mulet. En route, le curé lui dit :

« "Au nom de Not' Seigneur", Jean-Louis, n' vous retournez pas jusque chez vous."

« Mais le Jean-Louis qu'était ben curieux, au bout d'un moment, y se retourne. Ce qu'il a vu, on l'a jamais su… il a jamais pu l' dire. Quand y va l' dire, sa langue s'arrête dans sa bouche et il a les yeux comme fous…

– Vous m'effrayez, Mémé Jeantotin. »

Elle prend au mur une brindille de sapin – on ne trouve pas de buis à cette altitude.

« Prenez du sapin bénit, vous le mettrez au-dessus de vot' lit. Avec ça, y vous arrivera rien. J' dirai aussi tous les soirs une dizaine de chapelets pour vous. »

La branche de sapin est toujours à la tête de mon lit. Chaque fois que j'ai des ennuis, je m'irrite contre elle et l'arrache du mur. Mais je la remets bien vite en place, convaincue que la foi naïve de la brave femme me protège de malheurs plus grands.

CHAPITRE XXI

TROIS... UN DE TROP !

Tous les soirs, Solange chante en arrivant chez moi. J'envie sa promenade dans le saphir glacé de la nuit, tandis que je l'attends à la triste clarté de la lampe, emmitouflée dans des lainages devant mon feu. Ses brodequins ébranlent l'escalier, elle ouvre la porte et chaque fois me lance, avec quelques variantes, la même plaisanterie :

« Quelle idée d'appeler Trente-Planes un patelin où il y en a une bonne cinquantaine : cinquante-deux exactement, que j'ai comptés au clair de lune, sans parler de ceux que je n'ai pas vus. C'est vrai que ces gens-là ne savent pas l'arithmétique ! »

Solange approche du fourneau. Ses semelles enneigées crient et fument sur la plaque chaude. Elle prend son tricot, tandis que je me plonge dans ma lecture.

Notre dîner est un chef-d'œuvre de fantaisie. Quand nous avons le courage d'éplucher des pommes de terre du potage, nous n'avons pas celui de les écraser.

Alors, du buffet, nous tirons, suivant les achats de la journée, un fromage, un pot de confiture, du miel, parfois une demi-livre de jambon. Nous mangeons à satiété, c'est-à-dire que nous ne laissons pas souvent de restes. Parfois, je prépare une crème fouettée. Solange me jure qu'elle n'en prendra pas même une cuillerée, pour garder sa ligne, et que, cette fois-ci, sa décision est sans appel. Pour finir, nous vidons le bol mousseux en convenant que, malgré le souci de notre silhouette, nous en mangerions bien un autre. Mais déjà, en bas, quelqu'un racle la neige de ses semelles sur le seuil.

D'un mouvement familier, Marcel se penche pour franchir la porte et sa bouche a un pli canaille pour nous dire bonsoir. Lorsque je suis avec Solange, il prend toujours des mines fanfaronnes et complices qui me déplaisent, mais il les abandonne lorsqu'il est seul avec moi. Je crois que, ne sachant comment cacher sa timidité en présence de deux jeunes filles, il se retranche derrière un air bravache qui ne résisterait pas à la moindre raillerie. Je n'ose pourtant m'y hasarder. Qui sait si, après une vexation, il reviendrait chez moi ?

Il s'assied loin du feu, dans la pénombre, un coude sur mon bureau. Nous ne parlons jamais du village, si ce n'est pour lui demander des nouvelles de son entraînement. D'un ton détaché, il énumère ses prouesses de skieur. Nous lui prédisons des victoires extraordinaires et aussitôt après nous revenons à nos souvenirs de la ville. Solange brille par l'étendue de ses anecdotes vécues ou imaginaires. Parfois, par des détours subtils, elle nous amène à parler de chansons et à la supplier de nous dire un refrain de sa composition. Après s'être un peu fait prier, elle nous accorde enfin l'audition demandée. Bien qu'elle n'ait jamais vu la mer, elle exalte les voyages des matelots : les lointains moutonnements des montagnes l'ont inspirée. Avec des paroles nostalgiques, sur des airs de berceuse, sa voix souple et voilée évoque les brumes des océans. Je sens mon infériorité, moi, la profane, qui ne sait rien composer. Marcel écoute, muet, peut-être sans entendre, car il ne paraît jamais s'apercevoir de la fin d'une chanson et c'est moi qui en réclame une autre. Pourquoi donc Solange ne veut-elle jamais chanter quand nous nous réunissons entre instituteurs ? Pourquoi n'accorde-t-elle cette faveur qu'à Marcel ?

Quand son répertoire est épuisé, elle insiste pour jouer aux « petits papiers ». Comme nos relations sont réduites, il est souvent écrit qu'elle rencontre Marcel et cela l'amuse plus que de raison. Pour terminer la soirée, il m'arrive, avec beaucoup plus de bonne volonté que de science, de lire l'avenir dans les cartes. J'ai toujours dans mon jeu un jeune homme blond... mais il y a tant d'hommes blonds par le monde.

Solange devient de plus en plus familière avec Marcel et, chaque soir, cela me choque davantage. Elle offre de lui tricoter un chandail, prévenance qu'il décline avec quelque gêne, ou elle se désole d'un grain de beauté qui orne un coin de sa lèvre, bien que celui-ci donne à sa bouche une expression malicieuse qui corrige le regard incertain de ses yeux myopes. Marcel, en riant, effleure le grain de beauté. Elle insiste :

« Vous n'auriez pas une recette de bonne femme pour le faire disparaître ? »

Marcel, dans sa pudeur paysanne, ne dit pas ce qu'il pense et demeure évasif.

« Ben, on peut pas se refaire, hein ! » fait-il en haussant les épaules.

Quand il nous quitte très tard, vers minuit, mes yeux se ferment malgré moi. Avant de s'endormir, Solange raille l'air lourdaud de Marcel, sa veste noire rapiécée de kaki et son pantalon resserré dans ses grosses chaussures. Je ne réponds rien. Déjà le sommeil m'emporte avec l'image que j'ai eu le temps de retenir : celle de deux yeux verts enchâssés dans le hâle d'un visage.

CHAPITRE XXII

BLOQUÉE !

Des avalanches hautes de plusieurs mètres coupent toutes communications, même avec le Villaret. Ainsi cessent nos veillées à trois. J'ai un serrement de cœur le soir, quand je me retrouve en tête à tête avec mon assiette. Dès la fin du dîner, je me hâte chez les Maclaz. Marcel a repris, dans l'ambiance familiale, ses façons cavalières. Il s'irrite contre sa mère parce qu'une goutte d'eau de vaisselle a sauté sur son livre ou bien lance une cuiller à la tête de sa sœur qui étudie sa leçon à haute voix. Il m'adresse à peine la parole, mais, dès que je tourne la tête, il me considère, les yeux à demi fermés, d'un regard vert qui remonte légèrement vers les tempes. La veillée finie, il m'accompagne, serrant si fort ma main sous son bras que je suis forcée de m'en apercevoir et de la retirer. Alors, n'ayant plus la place nécessaire pour marcher côte à côte dans la tranchée qui fend la neige du chemin, nous rentrons l'un derrière l'autre.

Dorénavant, il ne me quitte plus sur le seuil. Enhardi par ses veillées à la maison, il monte avec moi l'escalier et s'attarde quelquefois, troublé, bizarre, comme étranger à lui-même. Il fixe sur moi des yeux durs. Il suce bruyamment sa lèvre inférieure et la mordille avec ses dents. Tout en parlant, il pose sa main sur mon épaule d'un geste qu'il voudrait naturel mais qui est plein d'hésitation. Je m'écarte, sans oser, d'un mot, lui interdire de recommencer. Quand il me dit au revoir, la lampe malicieuse projette sur le mur nos deux ombres et les rapproche jusqu'à les faire s'enlacer. Je jette vers elle un regard furtif. Là-bas, ma tête touche son épaule ! Craignant qu'il ne s'en aperçoive, et me le dise, je le presse de partir.

Un jour, Marcel est venu tout de suite après dîner pour faire un devoir de français. Maintenant, il se montre un élève modèle et je le guide avec tendresse, comme un sujet d'élite. Lui, si brutal avec sa famille, se montre chez moi d'une docilité surprenante et s'applique : ainsi il a complètement renouvelé son langage et, même, depuis quelque temps, il choisit ses mots et n'oublie jamais les négations. Aujourd'hui, au milieu d'une phrase, il baisse la tête sur sa plume et articule d'une voix oppressée :

« C'est vrai, vous n'aimez personne ?

– Non, même pas moi !

– Et pourtant vous êtes bien jolie.

– Vous avez mauvais goût, voilà tout. »

Comment ai-je eu la force de répondre d'un ton aussi indifférent ! Par quel miracle mes paroles ont-elles pu être si calmes, tandis qu'à mes tempes, à mon cou, dans ma poitrine, la joie faisait battre mon sang. Mais comment a-t-il l'insolence de me parler ainsi ? Et moi qui l'écoute, sottement naïve !

Je me lève et dis :

« Allons chez vous, voulez-vous ? »

Depuis trois jours, je ne l'ai pas revu. Je suis trop fière pour retourner chez lui. Il me fuit, c'est certain. Pourquoi ? Pour mon regard méprisant ? Et pourtant, nous avons terminé la veillée dans sa famille comme d'habitude. Il ne paraissait pas fâché, alors. Mais pourquoi disparaître pendant si longtemps ? Parce qu'il est assez beau garçon pour se moquer de mon dédain ? Sûrement, il ne souffre pas de son éloignement, autrement il serait là. Peut-être attendait-il de ma part une autre réponse, il est vexé, peiné. Ou peut-être simplement outragé dans son orgueil d'homme de voir une femme indifférente à ses compliments... Mais non, c'est moi qui lui suis indifférente puisqu'il n'a pas insisté l'autre soir pour poursuivre notre conversation.

Trois jours ! Trois jours passés sans sortir, à épier un grincement de porte, à m'affoler d'un pas dans l'escalier, jusqu'au moment où me hante l'image de grossières mains rouges, rouges comme celles de Mme Sière, des mains qui souffrent des lessives de l'hiver et des travaux de l'été... des mains d'institutrice paysanne. Je regarde mes mains menues de fillette, je les caresse et, soudain, je les vois se boursoufler, se crevasser, me torturer jusqu'à ce que je les cache sous mes aisselles. C'est alors qu'au loin, sur un fond de couchant, passe un cavalier fier qui presse sa monture : Marcel !

Pourquoi faut-il que l'avenir soit fermé sans espoir par des mains rouges !

Il neige toujours ! Le chemin, de plus en plus étroit, s'enfonce entre deux murs blancs qu'il faut recreuser chaque matin. Du seuil de ma porte, je n'aperçois que la tête des gens qui passent. Les enfants surgissent à mes côtés comme sortis du sol : ils sont trop petits pour que je les voie venir. Quand ils arrivent par groupes, je ne distingue qu'une étendue déserte d'où s'élèvent leurs voix. Après la dernière maison du village, le chemin se termine devant la terrasse immense de la neige. Nous sommes bloqués dans Trente-Planes.

Cinq élèves, le froid, pas de ravitaillement du chef-lieu, du pain noir ! Le reste du monde peut sombrer au-delà de l'infini blanc : nul ne le saura ici ! On peut mourir chez moi ! Maman... Mourir, tandis que, durant des jours, je ne vois que du blanc. Je peux tomber très malade, livrée aux remèdes de bonne femme et aux fantaisies des donneuses de recettes !... Le visage de maman sourit comme un mensonge. Peut-être le facteur monte-t-il déjà jusqu'aux autres villages ? Si je pouvais au moins revoir Solange ! Je suis écœurée de solitude...

L'onctueuse blancheur qui monte sans répit et enrobe mollement le village le perd dans son immensité. Du blanc, du blanc, partout, au loin, toujours ! En moi frémit la fureur de l'animal prisonnier qui se jette contre les barreaux de sa cage. Puis, brisée, repliée sur mon impuissance, je sanglote.

Dans le vide de la nuit, là-bas au fond des vallées, s'enfle le bref roulement de train fou d'une nouvelle avalanche…

Le neuvième jour, le vieux Jeantotin m'appelle sous la fenêtre:

« Mademoiselle, mademoiselle, on va ouvrir la route! »

En un instant, je suis debout, habillée, et je descends. Dès la sortie du village, le spectacle est grandiose. En tête marchent dix cavaliers dont les mulets s'enfoncent dans la neige, puis viennent les traîneaux alourdis de jeunes gens; enfin cinq cavaliers ferment la marche. Et lentement, sur le blanc infini, se déroule la fresque des silhouettes noires, qui vont frayer le chemin et retrouver le monde.

Oscillant, trébuchant, peinant dans la neige, je vais jusqu'au chef-lieu chercher mon petit paquet de nouvelles, décacheter les joies menues de ceux que j'aime.

CHAPITRE XXIII

Sur un traîneau

Solange est revenue, Marcel aussi. Ils sont arrivés ensemble du Villaret. Il est entré, et m'a dit bonsoir comme s'il m'avait quittée la veille. Ses yeux ne se posent plus sur moi, ils me fuient. Et Solange, est-ce bien le plaisir de me revoir qui donne à sa voix des intonations joyeuses ? Que s'est-il passé pendant ces neuf jours ?

Ce soir, j'ai décidé de partir sur la route du Villaret à la rencontre de mon amie. Avec impatience, je l'attends, je « les » attends peut-être. Le crépuscule drape un ciel décoloré, à peine plus mauve que la neige. En lent cortège, les traîneaux glissent sur le chemin, grincent dans les ornières durcies par le gel. Ils reviennent de la mine, chargés de charbon pour les hameaux. Debout à l'avant, le chef de file module une tyrolienne. Longtemps après qu'ils ont disparu, je crois entendre les vocalises où fuse l'allégresse des sommets… Cette allégresse que j'ai connue à l'automne et que j'attends, magnifiée par le printemps.

Un paquet de neige tombe d'un rameau d'érable et me poudre de blanc. Solange arrive. Je passe la main sur mes yeux pour effacer les images qui m'obsèdent depuis hier. Elle est seule. Hier ce n'était donc qu'une coïncidence! Avec elle, sans arrière-pensée, je me tourne vers la joie des vacances qui approchent.

Bientôt, je retrouverai la ville que j'ai perdue depuis trois mois... je n'en dors plus de bonheur! Cependant une ombre pèse sur cet espoir. Comment partir? Au bas de Saint-Paul, des avalanches barrent la route. Marcel offre à Solange de nous conduire en traîneau jusqu'à un relais que nous choisirons ensemble. Janine décide de se joindre à nous. Geneviève reste ici – raison de cœur, paraît-il. François et Louis, en vrais sportifs, descendent à ski. Jean-Claude ne quitte pas Saint-Paul, et c'est aussi, dit-on, une raison de cœur.

La veille du départ, Solange est venue passer la nuit à Trente-Planes. Le lendemain, dès que le traîneau arrive, elle bondit sur le siège près de Marcel. Derrière eux, assise sur une planche posée en travers des montants, je les considère. Marcel regarde de biais le paysage. Le chemin file entre les murs neigeux. Les pas de dizaines de mulets posés au même endroit, avec le même écartement, ont creusé des fondrières, modelant ainsi de minuscules vallonnements sur le chemin. Sur ces « montagnes russes » en réduction, le traîneau monte et redescend à petits coups. À chaque secousse, Solange s'accroche au bras de son voisin et Marcel rit.

Que m'importent ses façons provocantes... La matinée est pure. Le ciel brille du bleu opaque de l'émail, ce bleu si particulier aux journées d'hiver, devant lequel les croupes s'étirent scintillantes. De-ci, de-là, un vent léger fait lever une poussière de neige qui danse comme un fantôme.

De temps en temps, Marcel se retourne vers moi, sourit de mon bonheur. Mon départ le laisse indifférent... celui de Solange aussi et cela me console !

Au bout d'une heure de route, l'écho nous renvoie les « hou ! hou ! » de Janine. Elle nous attend, enfoncée jusqu'à mi-jambe dans la neige. Elle s'assied près de moi et Marcel se retourne de plus en plus fréquemment vers nous.

Midi ! Déjà trois heures que nous glissons sur du blanc. Le relais et le repas sont prévus à L'Échapeau. Quand nous arrivons, la patronne du restaurant sanglote, elle vient de perdre sa nièce. En effet, le village du Cret a été partiellement emporté par une avalanche qui barre la route de Moûtiers, et qui a, paraît-il, une hauteur de cinq mètres. Il faut compter une bonne quinzaine de jours avant le déblaiement total. Les traîneaux ne peuvent plus passer.

Les traîneaux ne passent plus… On ne peut pas passer… Il nous faut quelques minutes pour comprendre. Alors nous nous regardons avec accablement, et toute la fatigue du voyage pèse sur nos épaules.

Nous remontons à pied, derrière le mulet harassé, la côte descendue dans l'ivresse du départ. Marcel marche près de moi et me console en m'assurant qu'il me trouvera des skis et qu'alors l'hiver ne me retiendra plus bloquée dans la montagne. Mais bientôt ses phrases hésitent autour de mon silence. Je crois le voir un instant se pencher vers moi avec des yeux changés, des yeux qui brillent, comme pour dire quelque chose d'un peu fou. Je lui tends la main. Mais l'amertume emplit de nouveau mon cœur. Au chef-lieu, nous remontons en traîneau et j'insiste :

« Solange, assieds-toi donc près de moi. » Elle n'ose pas refuser et ne prononce plus un mot jusqu'au Villaret où elle nous quitte pour aller s'enfermer dans sa chambre, chez les paysans, loin des « esprits frappeurs ». Nous descendons pour lui faire nos adieux. Puis Marcel me dit, en me dominant de sa haute taille :

« Venez à côté de moi, on est moins secoué. »

Le crépuscule s'éteint sur nos visages. Tout autour de nous, la nuit épaissit ses murailles d'ombre qui nous enferment l'un près de l'autre.

À un cahot plus violent, une main glisse autour de ma taille et la serre pour m'éviter une chute. Exténuée, je pose ma tête sur l'épaule de Marcel. Chaque secousse me jette contre lui. Sa main se crispe, à travers mes habits, sur ma chair, il se penche vers moi. En hâte, je m'écarte. Heureusement, nous arrivons au village.

Marcel, après avoir rentré son mulet, monte chez moi. Dans la cuisine, la lampe est entre nous. J'essuie mes cheveux que le froid a blanchis de givre. Je devrais ce soir être chez moi !

« Voulez-vous allumer le feu, Marcel ? »

Ma voix impérieuse me rend à moi-même au moment où j'allais m'attendrir sur notre retour. Minutieusement, il allume mon feu, puis s'en va sans même me tendre la main car mes yeux l'ont regardé comme si jamais nous n'étions rentrés en traîneau, serrés l'un contre l'autre.

CHAPITRE XXIV

Vacances à Trente-Planes

J'emploie ma veillée de Noël à garnir, aidée de leur mère, les sabots des petits Péchozel et le lendemain je déjeune chez les Jeantotin. Charlot, que je n'avais pas vu depuis un mois, vient m'offrir du beurre et une demi-douzaine d'œufs. Je prépare un gâteau savoureux comme jamais il n'en a mangé. On fait très peu de pâtisserie à Trente-Planes, les mets sucrés étant, dans l'esprit des montagnards, un luxe inutile. C'est à peine si le jour de la fête votive, la « vogue », on se permet de servir en famille une platée de rissoles, sortes de chaussons parfumés à la cannelle. À voir le visage réjoui de Charlot, je sais que mon gâteau est réussi. Le chat jaune reçoit une tape parce que, d'un revers de patte, il veut en ravir une miette. Quel plus sincère éloge à mes talents de cuisinière ! Je prends le matou sur mes genoux et lui donne sa part. C'est un Noël très simple où j'ai apporté un peu de joie.

Les jours suivants, Marcel ne vient pas chez moi. Nous nous retrouvons en plein champ de neige pour ma leçon de ski. Nos rapports sont comme le temps : glacés, avec pourtant beaucoup de lumière. Les pentes les plus faciles partent de la maison Verdors. Du matin au soir, la mère Verdors nous guette à sa fenêtre. Son regard maléfique doit multiplier mes chutes, car je ne puis garder mon équilibre. Marcel me relève, en tapotant les plaques blanches qui étoilent mon costume. Il a maintenant certaines façons délicates de civilisé. Bientôt, Mélie Verdors n'est plus seule contre ses rideaux : on devine au moins quatre têtes derrière le tulle sale. Tout le village doit défiler là-haut « pour voir ».

Chaque soir, Marcel me reconduit jusqu'à ma porte : il semble attendre un mot que je ne prononce pas, puis il s'en va, les skis sur l'épaule, de sa démarche balancée d'homme trop grand. Chaque soir, je pleure sur ma solitude. D'autres sont heureux en famille, autour d'une table joyeuse.

Je passe le premier jour de l'année à recevoir du beurre, de la viande et du lait avec des souhaits de « bon an ». Mes élèves se sont cotisés pour m'offrir un petit paquet triplement emballé. Le dernier papier découvre une chèvre noire, au dos et à la bouche largement ouverts : un pot à crème qu'on emplit par l'échine, qu'on vide par le museau en tenant la queue comme une anse ! Une poterie d'un goût... original, portant en belles lettres blanches : « Souvenir de Saint-Paul ». Je me confonds en remerciements qui ont des intonations sincères chaque fois que je me représente la violence qu'on a dû se faire pour réunir les cinq francs cinquante nécessaires à cet achat. La façon de donner valant mieux que ce qu'on donne, j'embrasse pour finir mes gamins à pleines joues. De toute la journée, je ne vois ni les Roux, ni les Verdors, ni le Tonin ; seul de l'opposition, le Bissot est venu me demander à boire.

Je m'endors désespérée, parce que le courrier est immobilisé là-bas, dans la vallée. Pour la première fois je n'ai pas les vœux de bonheur de mes parents, de mes amis. Je me sens abandonnée, ma vie d'autrefois s'est détachée de moi en cette nouvelle année où je suis trop seule.

CHAPITRE XXV

L'HABITUDE

Sans répit, le vent, à ras du sol, souffle la neige jusque dans les moindres fêlures du ciel. Les jours et les nuits se succèdent déchaînés ; chaque aube nouvelle hurle et chaque crépuscule râle. La tourmente s'acharne sur les maisons. Elle se rue sur l'école, pousse, frappe, aspire, comme pour l'entraîner tourbillonnante dans l'espace. Des lauzes sont arrachées aux charpentes, plusieurs toits de grange sont emportés. « C'est une mauvaise année ! » disent les enfants qui se risquent jusqu'à moi.

J'avais gémi d'angoisse dans la tempête de décembre ; dans celle-ci je n'ai même plus la force de me plaindre. Chaque rafale crispe mes membres. J'ai froid, j'ai peur, j'ai faim… je n'en puis plus.

Mes pauvres petits, gelés, aspirent la fumée tiède du poêle. Ils sont là, serrés les uns contre les autres : il n'est plus question, cette fois-ci, de les laisser à leurs tables. Je suis tout attendrie de voir l'obstination qu'ils mettent à venir en classe. Ils sont fiers d'avoir lutté longtemps et d'arriver. Leurs joues sont violettes, leurs mains raidies, une poussière de neige emplit leurs sabots. Qu'importe! Ils écoutent mes leçons avec une attention qui m'apaise un peu. Vers le soir, ils demandent à chanter. Je leur apprends des fragments d'airs célèbres afin que, plus tard, il leur reste de mon année un peu d'amour pour la musique. J'imagine la surprise de l'alpiniste entendant une jeune fille monter aux alpages en fredonnant une mélodie de Schubert. Il me faut expliquer beaucoup de mots inconnus: ce qu'est un tilleul, un glaïeul. Un instant les soirées embaumées de juin rayonnent dans ma classe puis tout s'éteint. Le vent et la nuit crient aux fenêtres et secouent la porte. Il est quatre heures!

Dès que je remonte chez moi, l'angoisse me serre à la gorge. Je me terre entre mon feu et ma lampe, tandis que l'ombre craque et frissonne autour de moi. Des heures entières je reste là à attendre Marcel.

Il entre; le poids de son grand corps sur le plancher donne une stabilité sereine à tous les objets. Je suis de nouveau bavarde, pleine d'enthousiasme. Peu à peu nous prenons l'habitude de penser aux mêmes choses ensemble. Il se rapproche de moi, assouplit ses façons de montagnard. Durant nos silences, j'écoute avec recueillement la tempête se déchaîner. Lorsqu'il se fait tard, il part dans le fracas du vent. Je me remets à trembler.

Durant mes insomnies, je me refuse à songer à l'avenir. Que deviendrons-nous tous deux? Ah, s'il pouvait quitter Trente-Planes! J'envisage nos vies entières liées. Il m'est devenu indispensable comme une habitude quotidienne... Plus qu'une habitude, il y a entre nous la complicité des heures solitaires, il y a mes frayeurs apaisées, il y a ce regard avide que j'ai pour chercher dans le sien l'espoir d'un printemps vert, la teinte du ciel, de l'eau, d'une feuille neuve où bouge la lumière. Sur nous plane cette certitude que la moindre de mes faiblesses me livrerait à lui.

Parfois, je m'indigne de cette demi-trahison envers moi-même. Est-il possible que moi, Josette?... Non! je me redresse, j'enfonce mes doigts dans ma chair. Je suis prête à me défendre âprement, victorieusement. Alors le cri sauvage du vent retentit dans ma tête. La montagne folle me roule, me traîne, m'écrase sous ma solitude... Mes larmes coulent dans le noir et la nuit les éparpille avec la neige.

Enfin, un soir, s'épanouit une nappe de calme. Dans le silence, on entend à nouveau grincer les seaux des gens qui vont au torrent puiser l'eau pour les bêtes. Je demeure abattue. La chute silencieuse des flocons m'effraie plus mystérieusement que la tempête. Elle arrache de moi toute résistance et l'enroule patiemment dans son ouate. Je ne pourrai plus jamais appeler à mon aide.

CHAPITRE XXVI

SOIR

Le grand concours de ski de Villandry débute aujourd'hui : c'est le plus important de la Tarentaise. Marcel va tenter sa chance… il sera là-bas et je ne pourrai pas assister à son triomphe ou le consoler de sa défaite… je suis, une fois encore, prisonnière de Saint-Paul : la route est coupée par trois avalanches. Seul un excellent skieur peut se risquer sur la pente vertigineuse qui plonge sur le Nant… Aujourd'hui, la classe m'absorbera, mais demain, quel triste dimanche sera le mien ! Là-bas, il y aura la foule, les bravos, l'atmosphère passionnée des compétitions, ici je serai seule.

Le samedi passe, avec de temps en temps, lancinant comme une douleur vagabonde, le souvenir des projets de ces derniers jours. Villandry m'attire à travers la barrière de neige. Le lendemain, bien avant midi, je glisse dans le pétillement blanc des cristaux. Saint-

Paul est dépassé. Des ornières de traîneau, lisses comme de la bougie, tournent vers une ferme, puis c'est l'espace où seuls de vagues talus arrondis dessinent le berceau du chemin. Tout à coup un remblai énorme, raviné, sillonné d'indigo, barre le passage. Les mottes de l'avalanche s'émiettent sur la pente jusqu'au fond de la gorge où coule le torrent. Impossible de passer. Je ne suis pas assez sûre de moi, de mes skis, pour vaincre ce monstrueux amas de neige. Une autre avalanche sur les sommets, n'attend peut-être qu'une simple vibration de l'air pour se ruer jusqu'à moi et déferler par-dessus mon corps.

Ah ! si je pouvais savoir ce qui se passe à Villandry !

Une chance me reste, dont la pensée, aussitôt, me redonne du courage. Les fils du téléphone ne sont peut-être ni brisés par le poids de la neige, ni emportés par l'avalanche. Péniblement, je remonte la côte. À la poste, on m'annonce qu'effectivement le téléphone fonctionne.

Qui demander à l'appareil ? L'instituteur ? Ce grand garçon qui a eu la chance de débuter à Villandry... Pourquoi pas ? La piste est juste derrière le café où je l'appelle.

« Allo, c'est vous, Brand ? Bonjour ! Ici, Josette, de Trente-Planes. Seriez-vous assez chic pour me donner les premiers résultats ?

– Oui. Bonjour ! C'est Maclaz, votre compatriote, qui a remporté la course de descente. Pour le championnat scolaire, c'est un élève de Moûtiers qui... »

Je n'écoute plus, Marcel est classé premier ! Ai-je bien entendu ?

« Allo, vous dites Marcel Maclaz ?

– Oui, maintenant on attend le slalom... »

Je ne me souviens plus de la fin de cette conversation. Je me retrouve sur le chemin, en train de zigzaguer avec mes skis. Je vais, je viens, je virevolte.

« Marcel, c'est merveilleux ! »

Déjà, le crépuscule glace l'air et le fige quand se profilent au loin deux silhouettes que bientôt j'identifie : Jean-Claude et Robert !

Ils approchent, exubérants.

« Formidable ! Premier en descente, temps excellent dans le slalom, premier au combiné alpin !... Il paraît qu'il ne s'était pas mal comporté l'an passé, mais cette année, ma petite Josette, c'est un triomphe ! Après la compétition, on se l'arrachait littéralement. Y a de quoi lui tourner la tête. »

Les exclamations de Robert recréent pour moi l'atmosphère de l'après-midi. Je suis fière de Marcel !

Lentement, un groupe compact émerge de la pente. Entouré de ses coéquipiers, Marcel arrive, dans son costume tout neuf, aussi élégant qu'un citadin. Quand il vient à moi, la dernière barrière se brise entre nous : mon orgueil d'institutrice devant un paysan pareil à tant d'autres. Maintenant il est au-dessus de tous les autres : un champion... tandis que je ne me fais remarquer à ski que par mes chutes magistrales. Je suis envahie d'une amoureuse humilité.

« C'est magnifique, Marcel !

– Pensez-vous ! »

Ses camarades veulent l'entraîner au café pour célébrer sa victoire.

« Non, on a assez bu aujourd'hui ; on remettra ça dimanche prochain. Je rentre chez nous... Vous aussi, Josette ? »

Dans la nuit, nous remontons tous deux. Il m'expose ses projets d'avenir. Il courra les championnats, puis il deviendra moniteur si je veux bien lui enseigner tout ce qu'il n'a pas appris à l'école afin qu'il réussisse au Brevet. Nous sommes si près l'un de l'autre que nos skis se frôlent sans cesse. Il quittera ce pays perdu… Il cherche ses mots… Quand sa situation et sa réputation seront plus solides, il songera à se marier. À se marier… Ces mots ouvrent un grand silence. Sa main presse mon épaule. Il se retourne et mesure mon trouble. Ses dents brillent dans l'obscurité. Il dit d'un trait :

« Dites, vous voudrez bien ? »

Il m'embrasse dans le cou et veut me serrer contre lui, mais nos skis parallèles nous gênent. Il caresse mes cheveux. Je maudis mes skis. N'ôtera-t-il pas les siens ? Le Paulay dépassé, il arrache ses fixations, défait les miennes et m'embrasse farouchement. Troublés par ce baiser, nous nous taisons et nous rentrons en hâte, comme des gens pressés d'échapper au froid. Je ne lui permets pas de monter chez moi. Dans le couloir, je retrouve ses lèvres.

« Ne venez pas ce soir, je suis trop lasse. »

Il acquiesce et s'en va.

Après dîner, son pas gravit mes escaliers. Il entre, en me regardant entre ses paupières rapprochées, indécis, se demandant s'il n'a pas rêvé. Je me jette dans ses bras.

Et ce fut le plus triste soir de ma vie !

DEUXIÈME PARTIE

CHAPITRE PREMIER

MALAISE

Ce fut le plus triste soir de ma vie. Pas une seule fois, il ne m'a dit: «Je t'aime.» Ma chair déçue, mon esprit révolté, me maudissent comme une ennemie. Et lui, que fait-il pour me garder à lui, contre moi-même? Il se contente de me regarder avec des yeux de conquérant, ces yeux de mâle qui a eu sa proie. À certains moments, j'ai envie de resserrer mes doigts sur sa gorge! Il m'embrasse comme on se jette sur un verre d'eau quand on a bien soif. Lourdement, ses mains cherchent mon corps, s'arrêtent sur ma poitrine. Mes bras se crispent pour ne pas le repousser. Jamais une phrase mais des mouvements sournois, pesants, silencieux.

Parfois je l'excuse en pensant que son cœur s'est formé dans le silence de la campagne et qu'il en a gardé la rudesse primitive. Presque toujours je rêve qu'il me murmure des phrases troublantes comme j'en ai lu dans les livres.

J'ai besoin de paroles pour bercer mon amour, et aussi mes regrets. Il ne comprend pas. Quand, lasse de souffrir, je regarde son beau visage brutal et muet, j'envie les jeunes montagnardes. Aucune sentimentalité n'embrouille leur vie. Elles servent l'homme comme l'ont fait leurs aïeules, lui dispensent le plaisir avec une animale satisfaction, et lui donnent, bon an mal an, un gosse joufflu. Elles s'estiment comblées quand elles ont eu un moment de répit passé à cancaner chez la voisine et, de loin en loin, un châle neuf pour aller à la messe. Pourquoi suis-je plus exigeante?

Certains soirs, non seulement Marcel ignore les mots lourds de tendresse, mais il a des crises de mutisme. Il entre, m'embrasse, s'assied, parle un instant, puis ses yeux se posent ailleurs. La tête dans les mains, les coudes sur les genoux, il reste ainsi une heure, puis tout à coup, sursaute et se réveille. Il vient vers moi et me frôle distraitement. Quand je veux savoir ce qui le préoccupe, il me répond: «Des choses», et se refuse à m'en dire davantage. Je l'ai assez observé pour être certaine qu'il ment. Il n'a rien dans l'esprit. Je le soupçonne de demeurer des minutes entières, le cerveau creux, remâchant dans sa tête une phrase qu'il n'écoute même pas. Ces soirs-là, quelle place ai-je dans son cœur ?

De temps en temps, Solange arrive à l'improviste. Marcel n'est pas encore là. Elle me dévisage avec insolence tout en débitant des banalités. Elle me parle de Louisa : Louisa s'est fait un pull-over bleu pareil au mien ; Louisa lit des livres scandaleux qu'elle trouve Dieu sait où ; Louisa traite Marcel de grand dadais... Que m'importe cela ! Mon oreille guette le moindre bruit dans le couloir du rez-de-chaussée. Serait-il en retard ? Non, le voici.

Le supplice commence. Marcel me tutoie, me lance des œillades complices, hasarde des sous-entendus indiscrets, tandis que Solange prend un visage énigmatique. Il s'empare des cahiers que je corrige et donne son opinion, comme si, tout d'un coup, sa compétence scolaire s'était accrue en me possédant. Je lui rappelle ironiquement, mais avec mesure, ses capacités. Alors il s'échauffe pour soutenir son point de vue. Voyant qu'il n'aura pas raison, il clôt la discussion par une lourde plaisanterie. Puis il pose sa main sur mon épaule et ricane : « Pas vrai, Josette ! » Je retrouve ses façons rustaudes qu'inconscient ou habile, il avait adoucies pour me conquérir. J'attends, avec un mélange violent de douleur et de plaisir, le jour inévitable où il s'enlisera dans sa terre.

Il part très tôt et je l'accompagne jusqu'en bas des marches. Je supporte ses baisers mais je fuis ses caresses. Quand je remonte, Solange est songeuse et me regarde en dessous.

Un soir, Marcel arrive nerveux, mais nous reprenons bientôt notre calme veillée à deux. Soudain, une vitre éclate en morceaux, des lames de verre croulent : c'est dans ma chambre ! Marcel se précipite dans l'escalier, fermant derrière lui la porte à clef. Un bruit furieux de lutte… Qui est-ce ? Le Tonin ? Il n'y a que lui pour renifler ainsi ! La Pépée, la fille qui habite seule ? Je reconnais sa voix acide !… Cinq minutes plus tard, Marcel revient en se lissant tranquillement les cheveux. Il répond à toutes mes questions par une unique phrase :

« Je te dis que ce sont des histoires de garçons. »

Je passe une nuit entière à retourner les mêmes questions dans ma tête douloureuse. Par le carreau cassé, le froid s'engouffre et me harcèle sous les draps. Soudain une phrase surgit du chaos de mes pensées et s'installe, s'incruste en blanc sur le fond sombre. Il y a quelques jours, Mme Péchozel a soupiré :

« Vous êtes arrivée dans un bien mauvais moment pour les histoires. »

J'ai oublié le reste. Mais ce soir, durant des heures, ces mots reviennent, tournoient, se fixent, m'éblouissent, puis disparaissent et tourbillonnent de nouveau. En saurai-je jamais davantage ?

Mme Péchozel ne me dit rien de plus le lendemain. Toutefois, comme elle n'a pas cessé de le faire ces temps derniers, avec une naïve maladresse, elle essaie de me persuader de quitter Marcel. Elle évoque les malheurs de Mme Sière, l'institutrice aux mains rouges, que l'on ne voit presque jamais au chef-lieu et qui, la classe terminée, s'épuise dans les travaux des champs. Elle a épousé un garçon de Saint-Paul, une vraie brute, qui bat sa femme sous les ricanements de toute sa famille. Mais tous les montagnards ne sont pas forcément des brutes !

Tout le village, comme Mme Péchozel, me fait comprendre, d'une façon ou d'une autre, que mon roman est connu, et cela me contrarie. C'est Marcel que je rends responsable des demi-vexations que je supporte. Mon humeur s'en ressent. Charlot ne se permet-il pas de me tenir des propos égrillards, et la Fine Bouchet de me conter ses peines de cœur durant toute une soirée ! Sur mon passage, la mère Verdors enfle son rire en gargouillis. Le Tonin fronce ses sourcils broussailleux au-dessus de ses yeux, puis tourne la tête. Pendant la récréation, mes élèves se poussent du coude quand Marcel passe, et il s'obstine à passer malgré mes remontrances ! Les Jeantotin, eux, me pressent d'aller plus souvent chez eux. Ils m'accablent de prévenances, indulgents pour cette aventure parce qu'ils ont déjà beaucoup vécu. Un soir, cependant, la mère Jeantotin se plaint que les Maclaz ne lui aient pas rendu ses aiguilles à tricoter. Son mari éclate alors d'une subite fureur contre ces « paresseux qui mangent le pain des autres ». Mais dès que nos regards se croisent, il contient sa colère.

Les gens de Trente-Planes m'irritent, mais Marcel, dont la classe s'affirme chaque dimanche à travers la Savoie, ne doit-il pas quitter ce village pour une importante station de ski ! Aurai-je, en attendant, la patience de les supporter ?

Je ne m'abaisserai pas à demander à quelqu'un des éclaircissements sur l'affaire du carreau cassé. Ils seraient trop heureux de commenter devant moi ce petit scandale. Toutefois, Marcel me doit une explication. C'est par lui seul que je saurai la vérité. Ce soir, à la veillée, il faudra qu'il me précise ce qu'il entend par « des histoires de garçons ».

À sept heures, un pas familier résonne au dehors. Il vient plus tôt que d'habitude. À peine a-t-il franchi la porte que je le somme de me dire ce qui s'est passé. Calme, il me répond :

« Laisse ces balivernes. Viens plutôt voir à la maison, la mère est malade. ».

Dans l'étable embuée, Mme Maclaz est étendue, rouge et la respiration sifflante. Autour d'elle, les visages semblent paisibles, peut-être résignés. Je supplie Marcel de téléphoner au docteur. Il hausse les épaules :

« Elle est pas encore à l'article de la mort, tout de même.

– Si vous attendez qu'elle soit à l'agonie, ce ne sera plus la peine d'appeler le docteur. »

Le père Maclaz objecte :

« Un médecin, ça coûte trop cher. Il est jamais venu chez nous… On s'est bien guéri tout seul, pendant qu'y en a beaucoup qui meurent avec un médecin pour les soigner. »

Je suis atterrée. Soudain ce n'est plus la tête de Mme Maclaz qui roule sur l'oreiller à rayures bleues, mais mon propre visage congestionné dans mes cheveux défaits. C'est moi qui suis malade. Le poids de la mort broie ma poitrine. Je veux de l'air. Je vois, autour de mon lit, des gens que mon délire fait basculer, des gens qui disent : « C'est pas encore la peine d'appeler le docteur. » Mais si, il faut faire venir le docteur… Je sens qu'il va me guérir. Qu'il vienne, vite ! Ils ne sont pas pauvres et ils me laissent mourir pour garder leur argent. Ah ! j'étouffe. Il faut que le docteur vienne… Ils me tuent avec leur avarice !

Je relève la tête et je regarde Marcel avec des yeux nouveaux. J'ai compris qu'il appartient pour toujours à Saint-Paul, même si nous partons à mille lieues d'ici. Il ne suffit pas de transplanter un paysan pour le transformer. C'est une race d'hommes qui résiste à l'exil. Elle a ses mœurs, ses habitudes, ses façons de soigner ses malades, de dissimuler, d'aimer. Les miennes sont différentes. Jamais je ne serai la femme de Marcel.

Je me vois avançant le long d'une rivière profonde. Lui marche sur l'autre rive. L'abîme de nos reflets nous sépare.

CHAPITRE II

FINALE

Marcel est orgueilleux de ses succès de skieur. N'a-t-il pas, à une fraction de seconde près, failli être champion de Savoie ? Il ne se vante jamais, se fait même prier pour raconter les championnats, mais ses heures de triomphe lui donnent une insolente assurance. Pour lui, je représente dans le village l'affirmation de sa supériorité. Si les moyens de transport le permettaient, il m'exhiberait en bordure de la piste, comme un glorieux butin.

Il accumule les mufleries, et les commères de Trente-Planes me les rapportent avec diligence. La Fine Bouchet me cite deux ou trois de mes aventures de pension que j'ai contées il y a quelque temps à Marcel. Pourquoi divulgue-t-il ces histoires ? Peut-être par sottise, pour montrer qu'il connaît la vie privée de l'institutrice.

Les jeunes gens du village s'amusent à demander une photo de moi qu'ils jugent de la pire indécence, car je suis en short. (En apprenant cela, les femmes ont dû se signer!) Les garçons entourent Marcel et se répandent en propos gaillards, tandis qu'il rayonne de vanité.

Il ne connaît pas la joie fermée de contempler seul celle qu'il aime... Celle qu'il aime? Mais au fond, qu'est-ce que cela signifie pour lui, aimer? Faire savoir à tout le monde, et à elle aussi, qu'on a conquis une jeune fille, et savourer bruyamment son succès. À ses yeux, la plus grande preuve d'amour est de manquer un marché pour la bien-aimée... Perdre de l'argent pour une femme, c'est là le suprême sacrifice. De mémoire d'homme, on n'a jamais fait cela à Saint-Paul.

Un jour, je trouve, glissés dans le tiroir de mon bureau, deux châles somptueux: l'un rebrodé de branches de vigne vierge aux tons de roux magnifiques, l'autre tout blanc en lourde soie. Je saute au cou de Marcel. Alors, il les étale amoureusement, fait ondoyer leurs plis sur mes épaules, et me dit enfin:

«Le blanc, c'est le châle de noces de ma grand-mère, et le bleu et rouge, celui qu'elle avait pour le baptême de ma mère.»

Alourdis d'amour, mes doigts soupèsent et caressent le tissu soyeux. Marcel poursuit sa pensée : « J'en ai refusé neuf cents francs à un touriste, mais j'aime mieux une femme que neuf cents francs. »

Il rit, satisfait, comme s'il venait de dire une galanterie. Faut-il lui offrir neuf cents francs et ne plus rien lui devoir ? Ne plus rien lui devoir... et ne plus le voir ! Laisser la montagne apaiser mon besoin animal de bonheur. Quelle folie m'a jetée dans les bras de ce paysan ? Parce qu'il était beau... J'ai pourtant eu assez de temps pour réfléchir. J'ai fermé les yeux, je l'ai paré de mes désirs, et maintenant mes paupières s'ouvrent quand il est trop tard. Neuf cents francs !

Ce soir, j'ai besoin de partir sur la route pour oublier mes tracas dans l'allégresse de la marche. Ce n'est pas encore la nuit, mais un jour transposé, d'un gris lumineux. La neige luit vaguement. Quelques nuages rêvent dans des profondeurs bleues où deux étoiles proches s'allument. Une brise d'une douceur inattendue soulève mes cheveux. Infinies, la paix et l'attente montent en volutes tièdes.

Un vent soudain, puissant et bon, me bouscule et m'entraîne. Le fœhn, le vent du printemps ! C'est lui ! Il va faire fondre la neige, emporter l'hiver dans les torrents, lancer le renouveau sur les sentiers des cimes. De ce souffle qui court comme une haleine sur ma nuque, mon corps attend un nouveau bonheur… En cette soirée, impétueuse, bouleversée, j'adore la montagne qui va me donner un printemps. À mon retour, un peu ivre, je pardonne tout à Marcel et je me blottis dans ses bras.

Le lendemain, Mme Péchozel m'appelle chez elle et, après avoir longuement tortillé son tablier, parlé du froid et du beau temps, elle me dit, sans reprendre son souffle :

« Le Marcel couche avec une fille du Paulay. Demandez-lui où il est allé il y a deux jours… » Et comme pour s'excuser : « J'aime pas me mêler de ces histoires, mais je fais ça pour vous. »

Une fille du Paulay ! Non, c'est impossible ! Alors pourquoi ? Mais Mme Péchozel ne peut mentir, c'est une femme sensée, ennemie de tout commérage. Il est difficile de douter d'elle. Et la mère de Louisa fait allusion à ces échappées nocturnes ! Pour elle, c'était au chef-lieu qu'allait Marcel. Il me faut savoir au plus vite.

Dès midi, je cours au Villaret. Justement Louisa se trouve chez Solange. Elle est méconnaissable. Ses cheveux qu'elle retenait dans un austère rouleau sont courts et bouclés. Comment sa mère tolère-t-elle un tel sacrilège ? Et ce chandail, mais c'est le frère du mien, le bleu qui est si joli. Et cette raie à peine un peu à droite comme si, en la traçant du milieu, le peigne avait dévié d'un centimètre… Elle a copié ma coiffure. Un peu trop blonde et endormie, ma réplique ! Peut-être veut-elle ainsi conquérir le cousin. Elle perd son temps puisque déjà je ne l'intéresse plus… Mais non ! Louisa doit me dire qu'il m'aime encore. Je lui demande de me reconduire. J'attaque :

« Vous savez que votre cousin va au chef-lieu ? Votre mère nous l'avait dit il y a quelque temps.

– Oui, il va rigoler un peu. (C'est du plus pur Solange, cette expression.)

– Savez-vous qui il va voir là-bas ?

– Oh, toutes les filles, plus ou moins. »

Méchante gamine, elle veut me tourmenter avec ses sous-entendus. Je la regarde : elle a le rire satisfait de ceux qui font du mal.

« Ah, un peu toutes les filles ! Certainement pas vous, en tout cas, car lorsque Marcel veut une fille qui me ressemble, il vient la chercher chez moi, à Trente-Planes. »

Et je la quitte, sans m'inquiéter de l'effet de mes paroles. En route, je prends la décision de demander d'autres détails à Mme Péchozel. Comme il va bientôt être l'heure de la classe, et que je n'ai pas encore déjeuné, je remets ma visite. Cet après-midi-là, mes élèves sont encore plus stupides que de coutume, et je crois ne jamais venir à bout des trois heures qu'ils usent à ânonner. Enfin l'aiguille de mon réveil atteint la demie de quatre heures.

Mme Péchozel se défend d'en savoir plus long, et je ne peux rien tirer d'elle. Alors, je ruse :

« Que voulez-vous, madame Péchozel, si vous ne savez que ça, c'est certainement faux. Autrement, on aurait fait des commentaires. C'est mal de me faire de la peine quand on n'est pas sûr de ce qu'on avance. Je me refuse à incriminer Marcel. »

La pauvre femme, indignée par mes reproches, se défend :

« Il va faire la fête avec la Fine Bouchet, la Pépée et la Lili Bottot, et puis il y a le Tonin et le Bissot, et encore d'autres. Ça en fait une vie chez la Bouchet ! Oui, oui, c'est ici, mais je voulais pas vous faire trop de peine. Je vous ai dit au Paulay comme j'aurais dit un autre village... Ma petite demoiselle, faut plus vous occuper de ce garçon. Ça me regarde pas, mais vous êtes gentille et je peux pas m'empêcher de vous le dire... y aurait mieux valu lui faire dire ça à lui. »

Je reviens chez moi en pleurant de colère, et toute la soirée, je tourne en rond dans mes deux pièces. Et ce carreau cassé? Connaîtrai-je un jour le fond de cette affaire?

Voilà Marcel. Il a son pas de tous les jours et, selon son habitude, frappe alors qu'il a déjà tourné la poignée. Il est surpris de me trouver là, dressée derrière la porte, avec des yeux luisants de fureur.

« Je sais où tu étais avant-hier. File! Moi... après toutes ces filles! »

Sans faire un mouvement, un peu rouge, en beau joueur, il répond:

« Je le sens, va, que tu te détournes de moi. Il faut bien que j'oublie. »

Sans savoir la vérité, j'avance:

« Au début, quand je ne me détournais pas de toi, pourquoi y allais-tu quand même?

– Oh, pour une fois que ça m'est arrivé. Les autres y vont tous les samedis... Juste un soir, en passant, sans vouloir mal faire. On n'a pas tant de distractions ici! »

Je le repousse dehors avec la porte, me mordant les lèvres pour ne pas crier des mots grossiers que je n'ai jamais dits.

Une heure après, quelqu'un monte l'escalier. Ce ne doit pas être Marcel, je n'ai pas reconnu son pas... C'est la mère Maclaz!

« Y a le Marcel qui vient d'arriver avec un air tout drôle. C'est-y qu'vous vous seriez un peu disputés ?

– Un peu, en effet! C'est fini, je ne veux plus qu'il remette les pieds chez moi. »

Je raconte ce que je sais et surtout ce qu'il m'a répondu. Mme Maclaz reprend son souffle comme si elle avait avalé de travers. Le coup est rude!

« Je vous ai demandé ça... Je savais déjà... Il m'a dit en pleurant que vous le pensez fautif quand c'est pas vrai... Alors ça lui a fait répondre n'importe quoi. Vous entendez, le Marcel, il pleurait. Un homme, ça pleure pas comme ça pour rien. »

Un peu consolée, au bout d'un moment, je reconduis Mme Maclaz.

Elle a peut-être raison, les hommes nous font parfois de la peine sans le vouloir par leur conduite. Une mentalité, des réactions d'homme ne sont pas facilement comprises des femmes. Cependant, oser faire cela quand nous nous aimions si fort… À vrai dire, nous aimions-nous si fort ? Mais pourquoi réfléchir ? Je l'ai promis à sa mère : quand Marcel reviendra, je ne le mettrai pas à la porte.

CHAPITRE III

Derniers jours d'hiver

Je reviens du chef-lieu avec François, le grave instituteur. Il me dit en riant :

« Tiens, ce soir, vous ne vous enfuyez pas à mon approche ? Savez-vous que, pour un peu, je vous aurais appelée l'insaisissable ?

– Quel poétique compliment… C'est peut-être simplement qu'on n'aime pas être seule sur la route quand les ennuis vous assaillent comme une nuée de taons. »

Que je suis lasse, chaque jour, de revoir Marcel, de revoir Trente-Planes et sa neige dès que j'ouvre les yeux, de revoir toujours les mêmes visages à l'affût des mêmes faiblesses ! Ce soir, je guette quelqu'un à qui parler, et le premier venu, pourvu qu'il me sourie, entendra mes confidences. La vie m'écrase, j'ai besoin d'appeler à l'aide. Mais François ne veut pas m'écouter. D'un geste vague de la main, il repousse les secrets dans mon cœur, puis il me regarde :

« Josette, je sais que vous avez de la peine. Une jeune fille ne peut pas lutter contre la montagne. Quand vous aurez besoin d'une amitié, rien que d'une amitié, comptez sur moi. »

S'il m'avait laissée parler, le lendemain je l'aurais fui, honteuse de ce qu'il aurait su de moi comme s'il m'avait surprise nue. Maintenant, je le poursuis de mes confidences, puisqu'il les écarte ; je veux à toute force lui raconter les détails de mon histoire parce qu'il refuse de les connaître. Mais il fait en sorte que Louis et Janine soient toujours entre nous. Je n'ai même pas la ressource de m'irriter de cette précaution : ils cherchent tous, de si bon cœur, à m'arracher à mon isolement.

Nous descendons à skis jusqu'à de lointains villages. Je pénètre dans la splendeur cristalline et l'immobilité des forêts de sapins, dans le monde figé des ravins, des promontoires blancs, le domaine sauvage des animaux forestiers, que le gel fleurit de ses grappes poudreuses. Nous faisons les dernières randonnées de la saison. Déjà la neige gorgée d'eau colle aux skis. Les torrents bondissent sous des ponts de neige de plus en plus minces. Les pentes se creusent de crevasses blanches, sinueuses comme des vagues.

Bientôt, il n'est plus possible de se déplacer à skis. Pour me rendre jusqu'au chef-lieu, je me livre à toutes sortes d'acrobaties. On ne peut plus passer sur les talus dont la neige fondante et mouillée engloutit les jambes. Le chemin n'est plus qu'un torrent sale entre deux rives de glace perfide où l'on se risque. On fait un pas, deux pas; au troisième, le pied glisse et on enfonce dans la boue jusqu'au mollet. On essaie de marcher dans la neige: on s'enlise. On revient à la glace. Elle est veinée de vert, l'eau court au-dessous et la ronge. Le lourd brodequin fait craquer la croûte amincie: elle cède, l'eau jaillit. Il faut ruser, tâtonner. Toutefois on supporte de bon gré ces dernières taquineries de l'hiver en songeant que dans une quinzaine elles seront oubliées.

«En bas», le printemps déjà doit fleurir. L'air attiédi apporte jusqu'ici des bouffées de parfums. Mes yeux s'irritent de l'étendue blanche. Je m'impatiente. Les glaçons des toits en fondant comptent des gouttes claires que, certains soirs, le froid fige encore. J'épie cette fonte nonchalante. Je me lève la nuit pour écouter ruisseler les ardoises.

Bientôt, le paysage se tache de plaques brunes. Le rideau blanc collé aux rochers tombe d'un coup, les découvrant nus et gris. Des blocs pointent. Dans chaque repli de terrain l'eau mine la neige et l'emporte. Les chemins sont gluants de boue. Les paysans ont semé des cendres sur leurs champs afin de les dégager plus vite pour les labours, et cela fait, autour des villages, de vastes plaques de poussière flottant sur du blanc.

Je baigne dans la béatitude d'une attente sûre de ne pas être déçue. Sur la route, je chante la venue du printemps. Tout près, les cascatelles d'un torrent dégagent des îlots d'herbes sèches. Soudain, je m'immobilise. Ce point jaune ? Et celui-ci ? Et celui-là ? Je bondis. Des tussilages, trois tussilages rayonnants d'or. Les premières fleurs de l'année. Oh ! mes minuscules soleils, je vous emporte avec ma joie… Le printemps, enfin !

CHAPITRE IV

ACCUSATIONS

Avec les jours tièdes, les prés se trament de vert humide. Je pars pour ma première promenade à travers champs. Quelle allégresse de piétiner enfin les herbes, de sauter mille ruisseaux, de retomber sur la mousse qui crache l'eau, de sillonner les vieilles traînées de neige, de s'embourber dans les labours, de s'ébrouer, de rire seule… de posséder la terre.

En lourds moutonnements gris, la pluie est suspendue au ciel. Dans la moiteur pénible de l'air, j'attends cette rosée fraîche avec volupté. Une goutte sur mon front, une autre sur ma main. La première averse de l'année… Les gouttes s'écrasent sur mon visage tandis que ma chair surprise appréhende encore les ailes silencieuses et glacées des flocons.

Je dévale une pente et me retrouve sur la route où s'avance un groupe étrange : un garçonnet portant une croix, la grand-mère des petits Roux, ses habits des dimanches enfouis sous un immense parapluie et, derrière eux, Léon, le fils du conseiller, portant sous son bras une longue caisse: un cercueil d'enfant, ruisselant, sans une fleur! Enterrement dépouillé, simple comme les actes de la nature, lamentable pour moi qui ne conçoit la mort d'un tout-petit qu'avec des larmes, des gerbes blanches et des angelots roses drapés de bleu sur des couronnes. Quand le groupe me dépasse, je crois entendre contre les planches le choc du petit corps. La pluie plaque sur moi mes habits humides. Ma journée s'achève frissonnante. À la veillée, j'interroge Mme Péchozel qui me répond:

« C'est un gosse que la Pépée a eu cette nuit et qui est mort presque tout de suite en étouffant. »

Le lendemain soir, un gendarme et le maire se présentent chez moi, sans doute pour un renseignement. À mesure que le brigadier Barlet me questionne, mes pensées s'ordonnent, et, peu à peu, à mon insu, émergent de l'obscurité des idées que j'hésite à reconnaître. Des gens de Trente-Planes sont allés le trouver au Paulay, où il est en vacances, pour lui dire qu'il se passe des choses bizarres dans leur village et lui demander ce qu'il faut faire pour obtenir une enquête. Aussitôt, le brigadier s'est rendu chez le maire et, afin d'éviter tout scandale inutile, ils ont décidé de recueillir des détails précis et d'étouffer l'affaire si cela est nécessaire. On soupçonne la Pépée d'avoir tué son enfant. On insinue que Marcel, qui pourrait bien en être le père, avait tout intérêt à le faire disparaître pour m'épouser. Marcel et la Pépée... Un enfant... mais c'était avant de me connaître!... On a même été jusqu'à supposer que j'avais peut-être, moi aussi, intérêt à le voir mourir et que j'avais bien pu prendre une part à l'affaire! Ne convenait-il pas, en effet, de supprimer ce témoignage gênant de la conduite de Marcel?

Le maire me voit si blanche qu'il me force à boire un peu de l'alcool que je leur ai offert.

L'interrogatoire continue. Il me faut livrer mes relations avec Marcel, tandis que sur le visage de Gintioz passe le reflet de visions gaillardes.

«Je n'ai parlé qu'une seule fois à la Pépée.

– Vous pensez bien, mademoiselle, que nous ne vous croyons pas coupable. Mais comment se fait-il que Marcel Maclaz nous ait répondu: "Moi, j'y suis pour rien et je peux pas savoir ce qu'elles ont pu fricoter, elle et la Pépée."

Marcel ! Oh, c'est monstrueux ! Il est coupable, et il a voulu se décharger sur moi. Le monstre ! Je vais m'abandonner à mon affolement, quand la face rubiconde du maire me rappelle, par contraste, à un peu de dignité :

« Voyons, je ne savais même pas qu'elle était enceinte ! Qu'on prouve donc que je la rencontrais, la Pépée.

– Vous savez, les histoires vont vite dans un village, et tout le monde sait toujours tout : comment expliquez-vous que cet automne vous bavardiez avec elle à la nuit tombante ? Dès que Mme Roux a ouvert sa fenêtre, vous avez fui précipitamment.

– Je n'ai pas entendu ouvrir de fenêtre, et j'ai fui simplement parce que cette fille me dégoûtait. »

La mère Roux a dit cela ! Eh bien, elle pouvait m'offrir le café à la crème de la réconciliation.

« Je n'aurais pas cru Mme Roux aussi perfide.

– Je puis vous affirmer, mademoiselle, que ce n'est pas elle qui est venue me voir. »

Peu à peu, ma surprise et ma panique se dissipent, quand je songe qu'il est impossible de fournir contre moi la moindre preuve. Je prends conscience de mon innocence et de la force qu'elle m'apporte.

« Monsieur Barlet, voulez-vous me rendre un service ? Allez demander à la personne qui a porté cette accusation de la renouveler devant témoins. Prévenez-la en outre que lorsque son mensonge sera établi, je l'attaquerai pour diffamation. Vous jugerez à son attitude du cas qu'il faut faire de ses paroles. »

Ils me promettent de faire le nécessaire immédiatement. Je les suis du regard pour voir de quel côté ils se dirigent. Arrivés devant la maison de Charlot, ils se dirigent vers l'entrée du village. La mère Verdors ? Pourtant, elle a une telle horreur des gendarmes… Qui alors ? Le Tonin, les Bottot ? J'arriverai à le savoir.

Tout à coup, je me retrouve seule, les tempes battues de noms, de projets de vengeance. Et Marcel ! Comment ai-je pu aimer cet homme ? Dire que ces derniers temps, il allait encore retrouver la Pépée chez la Fine Bouchet. Et le carreau cassé ! La Pépée venait-elle faire une scène ? Mais le Tonin, de quoi s'occupait-il, celui-là ? Se posait-il en défenseur de cette femme ? La belle équipe, en vérité ! Et moi qui ai laissé l'un d'eux entrer chez moi, connaître ma vie, moi qui l'ai aimé ! Mais j'étais privée de raison, de jugement ! Je n'écoutais pas Mme Péchozel qui voulait me mettre en garde.

Suis-je assez humiliée et punie par ma folie! Si le scandale éclate, même si mon innocence est reconnue, j'en garderai toute ma vie les éclaboussures. Et comment prouver mon innocence? Ils sont si vils qu'ils se mettront tous d'accord pour m'accuser! Même la Pépée le fera pour me reprendre Marcel. Je sanglote sur la jeune fille fière et propre que j'étais avant l'envoûtement de Trente-Planes. C'est la montagne qui a amené cela, la montagne qui m'a enfermée avec lui tout un hiver... Que vais-je devenir?

À minuit, je suis encore à ma fenêtre. Les cailloux du chemin roulent sous des pas. Qui vient à une heure pareille? Encore un malheur... Dans le chemin blanchi de lune, une silhouette s'arrête sous ma fenêtre et appelle à mi-voix:

« Vous êtes là, demoiselle? C'est moi, le Charlot. Je peux-t-y monter? »

La porte du rez-de-chaussée reste toujours ouverte depuis mes premières veillées avec Marcel. Une habitude que j'ai prise alors, quand je ne voulais pas aller ouvrir et remonter trop près de lui dans l'escalier obscur. Charlot arrive:

« Pauvre petite demoiselle, je savais bien que j'vous trouverais debout. Faut plus vous en faire pour la Pépée. Ça pouvait ben être un autre que Marcel, le père. C'est plutôt le Tonin, pour sûr! La Pépée, c'est comme un hanneton: ça tombe toujours sur le dos et ça y reste jusqu'à ce qu'on la remette sur pied. On pourra rien prouver... » Et il ajoute, baissant le ton et bavant de joie: «Et y aura rien à prouver; tel que j'suis et j'suis comme ça, j'vous dis qu'y aura rien à prouver. Faut ben rire un coup quand on en a l'occasion. J'leur ai fait un tour de Charlot aux deux qui sont venus. Barlet, c'est un conscrit. Quand ils ont eu ben viré dans le village, j'les ai appelés tous les deux. Qu'est-ce qui pouvait ben se passer? Je les fais manger et boire et, foi de Charlot, il est bon mon vin. (Il pouffe.) Maintenant ils sont tous deux couchés en travers de mon lit et ça ronfle... faut entendre ça.»

Je ris en buvant mes larmes. Charlot continue:

«L'histoire elle est à l'eau. Y me l'ont dit. Y z-ont fichu la frousse à ceux qui avaient dénoncé. Ceux-là, y z-ont pas voulu signer un papier de plainte. Je voudrais bien savoir qui c'est. Tel que j'suis et j'suis comme ça, je leur en ai fait dire pas mal aux deux sur c'qui les amenait, mais pas moyen de savoir les noms. Le Gintioz a rien voulu entendre et l'autre, il est muet comme un gendarme. On arrivera ben à savoir quand même. L'important, c'est que vous soyez plus en souci. »

Est-ce vrai ? Est-il possible qu'il n'y ait plus rien contre moi ?

Brave Charlot ! Malgré son haleine empestant l'alcool, je lui verse une rasade de vin.

« Ah, si je m'écoutais, je vous embrasserais.

– Faut pas vous gêner, maîtresse, j'ai encore jamais été embrassé par une demoiselle. »

Pourquoi pas ? Je pose un gros baiser sur sa joue rêche. Lui, machinalement, s'essuie du revers de sa manche, puis, hochant la tête, fait claquer sa langue :

« Ça alors, vous êtes pas fière avec le pauvre monde. »

Et c'est, de sa part, le plus grand des compliments.

Le lendemain, Charlot arrive, la mine changée, en me donnant deux noms. La femme de peine des Barlet lui a dit que la veille deux femmes de Trente-Planes étaient, en passant, venues offrir du beurre et des œufs. Mon accusatrice était donc l'une ou l'autre. Mais l'une est honnête et l'autre a tout intérêt à ne provoquer aucune enquête. Laquelle des deux ? Il n'est pourtant entré chez les Barlet que ces deux femmes : Mme Péchozel et Mme Maclaz.

CHAPITRE V

AUTRES HORIZONS

Depuis cette lâche dénonciation, je vais, je viens dans la montagne, étourdie par le choc, abattue, lasse. Mme Péchozel m'a-t-elle crue coupable ? Même dans ce cas, elle n'aurait pas parlé. La mère Maclaz ? Pourquoi aurait-elle risqué, pour me faire du mal, d'entraîner son fils dans une mauvaise affaire ? Je me méfie de Trente-Planes, je fuis les maisons où il me semble que tous me guettent pour me faire souffrir. Je me demande même si Charlot n'est pas pire que les autres et s'il n'a pas voulu me dresser contre les deux femmes. Ceci je l'ai pensé un soir où, à force d'aiguiser mes doutes sur l'une ou l'autre de mes accusatrices, je suis allée exposer l'affaire aux Jeantotin. Le vieillard s'est emporté :

« C'est pas possible que vous y croyiez, vous, aux histoires du Charlot! Mais il vous fait marcher comme les autres. Vous l'avez-t-y crue son affaire du couteau!... Il l'a racontée à tous les étrangers. Eh bien, il était avec mon fils quand y-z-ont fait le coup. Ils l'ont volé au banquet de l'armistice. En remontant, y-z-ont demandé au maître d'école ce qu'ils pouvaient ben raconter dessus… Alors, il leur a dit l'histoire des Arabes. J'avais rien osé vous dire plus tôt pour pas vous faire affront à cause que vous l'avez cru. Allez, c'est un beau jean-foutre, le Charlot.»

Je reste interdite. Devant moi, tous les visages du hameau tournent en ricanant. J'ai envie de battre quelqu'un. Mais le manège, toujours plus vite, tourne, tourne… Je suis prisonnière de sa ronde.

Où aller? Qui voir? Je déteste Trente-Planes. Je fuis le Villaret. Marcel a été assez lâche pour disparaître après la visite de Barlet. Je crois que je l'aurais griffé, que je lui aurais craché au visage jusqu'à n'en plus pouvoir. J'ai presque souhaité ne plus le rencontrer pour ne pas m'entendre dire des insultes. Il est parti chez sa tante pour les travaux de printemps. Je crains de faire une scène dans un village qui n'est pas le mien. Je n'ose pas aller chez Solange, qui ne vient plus ici. Robert, paraît-il, va souvent chez elle. Je ne veux pas être importune…

De leurs lointains hameaux, un jour, Geneviève et Jean-Claude sont venus m'annoncer leur mariage. J'ai longtemps envié Geneviève de n'être plus seule et d'avoir trouvé le repos d'un foyer et la quiétude d'un amour possible.

Mes élèves, eux-mêmes, me quittent les uns après les autres pour aller seconder leurs parents dans les champs. Abraham, mon seul « grand » raisonnable, est parti hier. Ceux qui restent sont désespérants. Chaque fois que je me montre gentille avec eux, ils me récompensent par une sottise. Ce sont de petits animaux qui ignorent les actes compliqués et répugnent à la domestication trop épisodique de l'école. Ils la fuient presque trois saisons sur quatre, et, durant l'hiver, ils ne peuvent rattraper le temps perdu en travaillant dans une salle glaciale et peu agréable. Tout y est bancal, cassé, sale, déchiré. Pour eux, le seul enseignement profitable serait l'hygiène. Comment le leur donner dans un tel cadre ? J'ai tout juste envie de fermer leurs cahiers et de les frotter l'un après l'autre avec une brosse de chiendent. Je les regarde, je revois mon logement. Il me semble, depuis des jours, errer dans le noir.

Seuls, Janine, Louis et François me restent. Avec eux, je m'évade de Saint-Paul. Chaque jeudi, nous partons ensemble à bicyclette vers Moûtiers.

Roues qui patinent dans la boue, sautent sur les cailloux, font jaillir l'eau des flaques, vêtements tachés, chutes, hordes de chiens hurlants qui vous harcèlent les mollets, tous les ennuis de la route s'oublient dans l'enchantement des descentes. Nous glissons à travers plusieurs printemps : celui de Saint-Paul encore incertain, celui du Nant ensoleillé de primevères, celui de Villandry avec ses bourgeons éclatés, celui des dernières pentes toutes blanches de cerisiers. Après l'odeur humide des champs de crocus mêlés de neige, nous fendons les nappes de parfum des violettes, puis, en pleine descente, les haies font pleuvoir sur nous leur poudre de miel tiède. Là, l'aubépine accumule des boutons minuscules pareils aux épingles nacrées qui servent à fixer les voiles des communiantes ; à un virage plus bas, ses branches noires ouvrent déjà leurs étoiles blanches ; encore deux lacets de la route et c'est un buisson blanc. En une heure, défilent cinq, dix printemps, tous de plus en plus épanouis, et se succèdent des semaines d'éclosion ; c'est un voyage dans le temps parmi les fleurs. Tout à coup, en sortant des sapinières, on se retrouve au pays des hommes : des usines fument, un train sort en grondant d'un tunnel et nous enveloppe de fumée.

La petite ville représente pour nous tout un monde. Nous la parcourons vingt fois dans tous les sens, faisant des achats, grignotant des friandises, riant de rencontrer des collègues, béatement heureux. Vingt fois, nous croisons Robert et Solange, Geneviève et Jean-Claude, le sac tyrolien au dos. D'autres instituteurs arrivent de lointaines vallées, chacun prêt à conter une aventure inédite, un mot de gosse étonnant, ou ses derniers démêlés avec l'inspecteur... Les habitants réservent à notre exubérance l'indulgence souriante que les grandes villes ont pour les étudiants. À midi, chaque groupe rejoint son petit restaurant, où il arrive affamé et bruyant. L'hôtesse prend pitié de nos bourses toujours dégarnies, et nous fait des prix avantageux. Puis, notre car partant à trois heures, nous avons à peine le temps de nous bousculer autour des rayons de la librairie.

Là, on rencontre surtout des jeunes filles car le libraire est joli garçon.

Dans un coin, la « folle » assiste, impassible, à tout le va-et-vient. C'est une vieille fille qui ressemble à une « miss » anglaise, avec un chapeau rond, une veste droite et de grands souliers plats. Elle tient toujours ouvert devant elle un livre d'écolier. En s'approchant, on peut voir des larmes lentes rouler de ses yeux fixes à son menton. Elle s'est intégrée au cadre de la librairie et personne parmi les habitués ne la remarque. Tous les jeudis, elle est là. On raconte aux nouveaux qu'autrefois, institutrice débutante, elle avait rejoint Champlany, un des villages les plus élevés et les plus déshérités de Savoie. Elle passait là-haut son premier soir de solitude. Il lui fallait sortir de sa cuisine pour monter, par un escalier extérieur, jusqu'à sa chambre. Ses collègues avaient oublié de la prévenir. Les jeunes gens du village guettaient l'institutrice. Elle ouvre la porte. Couverts de peaux de bêtes et armés de bâtons, ils l'entourent en grognant et faisant des moulinets dans tous les sens. La pauvre fille a été tellement terrifiée qu'on a dû, pendant des années, l'enfermer dans un asile. Lorsqu'elle a été un peu remise, elle est revenue à Moûtiers, peut-être pour se rapprocher de son ancien poste et retrouver, dans sa tête brumeuse, l'attrait et l'effroi de sa jeunesse.

Quand le souvenir de Marcel pèse trop lourd dans ma vie, je me compare à cette misérable épave de la montagne, et je pense qu'en dépit de mon aventure, je suis une privilégiée…

C'est déjà l'heure du retour. Dans le car débordant de colis, Solange, Geneviève, Janine, Louis, François, Robert, Jean-Claude et moi, entassés sur les banquettes arrière, nous repartons en chantant vers nos sommets que le printemps rapproche de la vallée.

CHAPITRE VI

PÂQUES

Après avoir couru entre deux chaînes de montagnes lointaines qu'estompe la brume de printemps, le train s'enfonce dans les défilés boisés où des cascades, que sa rumeur rend silencieuses, succèdent à des villages à demi enfouis dans les châtaigniers. Échevelés, le buste hors du wagon, nous saluons des camarades penchés aux portières voisines. Ainsi nous foulons aux pieds toutes les règles de bonne tenue de notre corporation : nous sommes à l'âge où l'on croit tout posséder quand on a tout bravé.

Solange interpelle Robert :

« Et ta citation, tu l'oublies ? Ça va nous porter malheur. »

Les anciens sourient. Robert, d'un ton monocorde, déclame :

... bruits lointains qu'on écoute
... les retards de l'essieu,
L'espoir d'arriver tard dans un sauvage lieu.

Jean-Claude intervient :

« Mon vieux, pendant les vacances, tu aurais bien pu apprendre le texte en entier. »

Geneviève force son regard à sourire.

« Mais alors, dit-elle, il aurait perdu la moitié de son charme. »

Robert s'incline, cérémonieux :

« Exactement, jeune madame ! »

Puis il passe à la portière voisine :

... bruits lointains qu'on écoute
... les retards de l'essieu,
L'espoir d'arriver tard dans un sauvage lieu.

Et il continue ainsi, de compartiment en compartiment, levant un bras, de temps à autre, comme pour prendre le ciel à témoin, tandis que le bruit du train couvre le son de sa voix à mesure qu'il s'éloigne.

... L'espoir d'arriver tard dans un sauvage lieu.

On entend des rires, les rires de tous ceux qui espèrent arriver le plus tard possible dans leur poste sauvage.

... Alors, je revis mes vacances de Pâques ! Je me revois, guettant à la portière les villages qui, un à un, me ramènent à mon ancien chez-moi. Le train m'amène dans une ville noyée dans un crépuscule blafard, sous un ciel encore plein d'ondées. Sur les arbres des avenues, je cherche le reflet d'or du couchant dans mes montagnes… Vais-je vivre dix journées sans lumière ! Les affiches publicitaires barbouillées de bleu et de rouge remplacent l'horizon. Déformées et agrandies par mon souvenir, les rues ont changé de volume, de profondeur, les maisons se sont étirées. Je suis soudain désemparée comme si j'errais dans une ville inconnue. Les autos raclent l'asphalte de leurs pneus bloqués par les freins et multiplient les coups de klaxon, les gens courent. Du bruit, de l'agitation, des femmes vêtues de couleurs vives ! Tiens, les chapeaux sont plus compliqués que l'année dernière… Que c'est joli, cet ensemble fleuri avec cette capeline. Et tout à coup, je sens combien j'ai chaud avec mon manteau et mes chaussettes de laine. Là-haut, même à Moûtiers, l'air du printemps pénètre, glacé, à travers les lainages et j'avais oublié la douceur des plaines, cette brise fraîche qui maintenant frôle mon visage, effleure mes lèvres, tandis que le soleil appuie sa paume tiède sur mes joues ! J'ai hâte de changer de vêtements, de sentir la brise sur mes bras, le soleil sur mon cou… Je ne sais plus marcher avec des souliers découverts tant mes muscles sont accoutumés aux grandes enjambées que l'on fait avec les lourdes chaussures cloutées… Voici les Nouvelles Galeries et la pâtisserie du Pierrot Gourmand! Je retrouve mon quartier.

Mes parents ne m'attendent que demain matin. En appuyant très fort sur mes pédales, j'ai réussi à arriver à temps pour sauter dans le train du soir, à l'instant même où il s'ébranlait. Que maman va être heureuse! Elle a été si souffrante ce dernier mois et j'étais si loin que je lui dois bien ce bonheur d'aujourd'hui! Comme la cage d'escalier est sombre et profonde; je l'imaginais tellement plus claire que celle de mon école! Des papiers traînent dans un coin. Pourquoi tant de marches pour une si faible pente? Avec les escaliers de Trente-Planes, au moins, on est très vite devant sa porte… Si seulement mes valises étaient moins lourdes! Enfin, je tourne la poignée de cuivre et j'entre chez moi.

Le couloir sent le moisi et l'oignon grillé. La porte de la chambre est entrouverte. Maman est étendue sur sa chaise longue, vieille, bien bien plus vieille qu'à mon départ. Je comprends… J'avais dans le cœur une image de maman qui me semblait dater des grandes vacances, mais n'était en réalité que la superposition de toutes les images que j'avais gardées d'elle depuis que je me souviens de son visage. Après une rapide effusion, elle me dit :

« Tes cheveux étaient plus jolis lorsque tu es partie. »

Ce ne sont pas ces paroles que j'aurais aimé entendre dès mon arrivée. J'avais cru que notre première conversation serait faite d'autres mots que cette réflexion banale... Je ne sais au juste de quoi... de quelque chose de nouveau, grand comme notre séparation, tout illuminé de la joie du retour. Au lieu de cela, comme on s'est quitté on se retrouve, pour se dévider les cent querelles entre voisines, les mille potins du quartier. Est-ce cela que j'attendais depuis six mois ? Soudain maman allume l'électricité. Habitués à la flamme rousse du pétrole, mes yeux sont éblouis dans cette pièce trop blanche. Il me semble qu'il ne reste plus un seul coin d'ombre où je puisse cacher mes tourments de Trente-Planes. Devant maman, dans ce cadre familier, je retrouve mon âme de vraie jeune fille : mes pudeurs, ma dignité tranquille. La honte d'avoir aimé Marcel et de lui avoir cédé me serre à la gorge.

Vers sept heures et demie, papa rentre du bureau. Lui n'a pas changé de visage. Il m'embrasse avec ses moustaches humides. Il rit, tout heureux de me voir déjà là, puis il se précipite vers le réchaud à gaz pour faire réchauffer le dîner préparé dans l'après-midi par la femme de ménage. Demain, c'est moi qui m'occuperai à nouveau de tous ces détails ménagers : organisation des repas, achats des provisions, ordres à donner…

Quand nous sommes à table, il me semble que c'est hier, il y a une semaine, un mois, que j'étais là, prenant chaque soir ce même repas. Qu'ai-je espéré d'invraisemblable ? À mon arrivée, la maison allait prendre un air de fête, une atmosphère pimpante, insolite, qui durerait quinze jours… Me voici, et rien n'est changé dans les habitudes quotidiennes. Je cherche du regard mon cartable d'écolière et je m'étonne de ne pas le trouver, sous une pile de cahiers aux tranches bleues et blanches. Je vais entendre la phrase coutumière de maman : « Range donc tes cahiers, tu les sortiras après le repas, tu vois bien qu'ils vont tomber. »

Tout en mangeant, papa se désole encore au sujet de la santé de maman et de ses préoccupations du bureau qui ne lui permettent pas d'aller me voir là-haut. Il dit « là-haut », et ce mot écarte un rideau lourd devant un décor familier : une chevauchée de cimes, un village tassé au milieu d'une cinquantaine d'érables et des neiges qui fondent sous un ciel violet.

La nuit, je rêve que des autos bruyantes me poursuivent et m'écrasent. Le lendemain, je mets longtemps à reconnaître ma chambre, à savoir que je suis non pas à Trente-Planes mais chez mes parents, puis je perçois le tintamarre de la rue. Sitôt levée, je cours chez la couturière, dans les magasins, et, grisée, je me répète : « Je suis en ville, en ville ! »

À midi, je rentre chargée de paquets, étourdie de courses, harassée. Qu'ai-je donc rêvé de joyeux et d'extraordinaire ? Qu'ai-je vu de si exaltant dans le geste de choisir une paire de bas ou de manger un gâteau dans une pâtisserie ? Je ne trouve partout que le vide de la déception.

On sonne à la porte. C'est Paulette ! Nous tombons dans les bras l'une de l'autre. Elle a une coiffure différente, une nouvelle robe. Elle parle d'un hiver joyeux, fleuri de fêtes. Je ne veux rien ajouter à mes lettres tandis qu'elle me raconte ce qu'elle a tu dans ses billets hâtifs :

« Je ne voulais pas te faire trop envie, mais maintenant que tu es là… »

Ensuite, elle m'interroge et j'élude ses questions. Elle rit.

« Alors la crise n'est pas terminée… Ce garçon qui venait passer la soirée chez toi, tu ne m'as jamais répondu quand je t'ai demandé de ses nouvelles.

– Bah ! Il s'est lassé de venir.

– Ah, tu m'en contes ! »

Et le coup d'œil complice de Paulette chauffe ma joue comme un soufflet.

Georges est venu passer quelques jours parmi nous. J'ai, à travers mes railleries, redécouvert un autre Trente-Planes, celui de mes premières impressions. Lui ne connaît pas l'autre, celui que façonnent les jours ajoutés aux jours. Ainsi diffèrent le visage familier dont chaque heure nous révèle une expression nouvelle, et la première vision retrouvée, comme la photo d'un étranger au fond de notre mémoire. Avec Georges non plus, je ne puis évoquer la montagne.

Un soir, je vais au cinéma avec plusieurs amis et des compagnes d'autrefois. L'insouciance de mes vingt ans résonne de nouveau dans mon rire. Mais l'un d'eux, soudain, propose: «Allons tous à Trente-Planes! » Eux là-haut, à Trente-Planes, secouant le village, apprenant des histoires, se moquant de Marcel, de Charlot, parcourant ma maison, laissant pour toujours dans mes murs l'écho de leurs voix et repartant sans avoir ressenti l'envoûtement de la montagne, si jeunes, si gais.

«Non! »

Le mot jaillit de mes lèvres, impératif.

Tout le reste de la soirée, ils ont l'air froissés ou intrigués. Sur l'écran, des vedettes vivent devant nous une histoire d'amour. Quel abîme entre cette passion et ma folie de Trente-Planes. Le souvenir me revient des galanteries, des frôlements maladroits, de la buée d'étable qui imprégnait mes cheveux, mes habits, et jusqu'à mes livres.

La séance terminée, je suis des rues, les unes après les autres, je marche dans des flaques de lumière. Je pousse la porte d'un bar et je m'assieds à une table. J'ai soif.

Quand je rentre à la maison, papa entrebâille la porte de sa chambre:

«Où t'es-tu attardée pour rentrer à une heure pareille?

– Dans un café.

– Avec qui ?

– Seule.

– Tu mens ! Est-il possible que tu sois devenue menteuse ? Pourquoi une jeune fille traînerait-elle ainsi, toute seule ? »

Il parle longtemps, et je l'écoute avec ironie, tandis que monte ma colère. On m'a laissée seule là-haut, libre, libre d'aimer Marcel ou de gémir de solitude... et l'on vient maintenant me reprocher d'être seule. Ah ! s'il savait que sa fille n'est plus « la jeune fille comme il faut » à laquelle il fait allusion et que ce soir elle en est presque heureuse parce qu'elle peut rire de ces mots sans signification. Ils n'ont de sens que dans ce milieu paisible et étriqué. Mais j'en ai assez de cette ville pâle où l'on étouffe, de cette maison sans vie. Ah ! l'on me traite de menteuse et l'on épilogue sur mon retard. Eh bien, rien ne me retient ici !

« Ce que tu penses est faux, tout est faux. Je fais ma valise cette nuit même et je repars. »

Alors, papa, tout à coup, n'est plus qu'un pauvre homme en robe de chambre, qui veut garder son enfant, qui l'attendra à toutes les vacances et qui aura les larmes aux yeux en la voyant partir. Mon père, c'était jusqu'à présent une force, celui qui commandait, qui nourrissait, qui réconfortait. Ce cap est dépassé et maintenant je me sais majeure avec, à ma charge, un homme faible ; je me sens soudain plus grande que mes parents.

J'embrasse papa.

« Ne sois pas triste, je reste, va ! »

Je me suis détachée de mes vacances ; elles ont passé paisibles, sans événement. Parfois, chez des amis, un visage nouveau, une allusion à leurs souvenirs communs, un rire dont je ne comprenais pas le sens m'éloignaient d'eux. En esprit, je revenais vers ma montagne, et je les voyais, en me retournant, passer sur la route ainsi que des gens dont la distance me ravirait les paroles et les gestes.

Aujourd'hui, je remonte vers Trente-Planes, joyeuse d'apporter là-haut un bouquet de glaïeuls et un jeu de quilles. J'ai perdu le désir de ma ville, de ma famille, de mes amis.

Je garde en moi, comme une douceur imprécise, « l'espoir d'arriver tard dans un sauvage lieu ».

CHAPITRE VII

Printemps sous les arbres

Ivresse des descentes ! Happée par la pente, ma bicyclette file, s'enfonce dans des vergers de myosotis et de boutons d'or. Les couleurs, les lumières zébrées d'ombres dansent, tièdes ou fraîches, sur mes paupières. Une boule rousse bondit sur la route, une autre la suit, retombe, parcourt quelques mètres, puis se perd dans les herbes : jeunes lièvres affolés par le crissement du gravier sous les pneus. Bientôt, dans une trouée d'azur, s'épanouit la vallée. Sur moi accourent, en masses roses ou blanches, des arbres assaillis de fleurs. La rivière glisse, étincelante de soleil. Une route coule, claire, à travers les prés neufs et le bourg riant avec ses toits de tuiles. Tous les printemps de mon enfance descendent en farandole le long des pentes... Je lance à tous les échos les ritournelles de mes chansons.

J'arrive à Moûtiers sous des marronniers touffus comme en plein été. Je m'arrête au restaurant Jollet, où je recoiffe mes cheveux ébouriffés par la descente. Bientôt, sous les fenêtres, des timbres de bicyclettes résonnent, insistants. François et Louis m'attendent et me questionnent. Ils veulent savoir pourquoi, aujourd'hui, je me suis échappée seule de Trente-Planes. « Pourquoi ? Mais pour être seule. »

Pourquoi supporterais-je les rires, les plaisanteries des autres, le grincement de leurs freins, alors que je n'ai envie que de boire l'espace, la vitesse, les parfums ?

Ils ne peuvent pas comprendre ; ils cherchent un motif valable à mon attitude. Qu'importe, aujourd'hui, je ne veux personne. Le temps de faire quelques achats, de déjeuner, et je repars à pied, laissant ma bicyclette au car.

Par un sentier à flanc de coteau, je monte dans un parfum de terre mouillée et de verdure fraîche. La forêt se referme sur moi… Je suis la grappe jaune du cytise, sa feuille en forme de trèfle, je suis le genêt ; je suis le pois de senteur sauvage rose, puis mauve et bleu comme un breuvage de sorcière. Je porte le printemps ainsi qu'une couronne de verdure, une cape de corolles. Mon sang roule l'odeur des feuilles et m'éclaire de soleil vert comme l'ombre des taillis.

Bientôt, le raccourci grimpe dans la sapinière bruissante d'oiseaux, sous les branches d'un noir usé qui vire au vert. Les cui-cui, cui-cui-cui, me vrillent la tête. Mes rêveries s'accrochent à chaque pépiement, s'irritent et se perdent dans la profondeur des arbres.

Sur le replat de Villandry m'accueillent des vergers où les pommiers tardifs explosent en fleurs blanches et boutons de carmin. À travers le village, la haute vague de corolles submerge les toits, s'effeuille sur le pas des portes, au rebord des fenêtres, dans la plus humble sente qui ainsi devient une voie triomphale. Il règne une ombre douce sous les branches d'où papillonnent les pétales. Des rayons obliques allument dans les hautes herbes des transparences de vitrail.

En classe, le lendemain, j'évoque ma promenade. Mes élèves m'écoutent d'un air tellement surpris que, déjà renseignée sur l'étendue de leurs connaissances, je pose une question précise :

« Qui a déjà vu des pommiers en fleur ? »

Personne ! Leurs yeux écarquillés sont fixés sur les miens. Ah ! si je pouvais ouvrir tout de bon ces yeux-là !

Aussitôt je décide, pour la semaine suivante, une promenade jusqu'à Villandry. Descente en car le matin et retour à pied par les raccourcis, l'après-midi.

Au jour dit, onze élèves m'attendent dès l'aube dans la cour. Certains ont délaissé pour plusieurs heures leurs troupeaux. Pour quelques parents, la pensée que je payais le voyage a dû briser toute résistance. On n'a jamais vu personnages plus fiers de leur situation que mes onze gamins installés dans l'autocar. À la traversée des hameaux, lorsqu'on les regarde, beaucoup ont le coup d'œil distant de ceux qui sont prêts à renier leur village parce qu'il leur arrive une aventure extraordinaire. D'autres sont uniquement absorbés par leur angoisse quand le car prend un virage au bord même du précipice.

À Villandry, la marée des corolles nous attend et nous engloutit. Groupés autour de moi, mes élèves regardent avec une intense curiosité l'épanouissement des branches, mais je ne discerne rien de plus sur leurs visages, bien que je les guette avec l'anxiété d'un médecin tentant l'ultime traitement. Devant cette forme accessible et simple de la beauté, ils se contentent de murmurer : « C'est joli, oh oui, c'est bien joli. »

Rapide, un coup de vent fait pleuvoir des pétales, et mes gamins se ruent à leur poursuite. Tous! Non, il en reste un, Léon Jaillet, le plus timide de mes « grands ». Il garde la tête levée et dans ses yeux luit une joie immobile. Je lui touche l'épaule. Il articule une phrase en patois.

« Que dis-tu ? »

Il répète : « Ben, oui, comme c'est beau. »

Celui-là s'est éveillé.

Au retour, les gosiers s'emplissent de vieux airs de marche. Après quelques kilomètres, les plus jeunes se fatiguent. Jamais nous n'arriverons jusqu'à Trente-Planes. Serons-nous obligés de nous arrêter en route, au Paulay?

Je ne tiens pas à voir François, d'abord à cause de ma fugue de jeudi, ensuite parce que samedi, dans le raccourci de la chapelle, je l'ai rencontré en compagnie d'une jeune fille en vacances ici. Ils marchaient très sagement l'un près de l'autre. François mordillait un brin d'herbe et elle riait. Leur bonheur était acide et provocant comme un fruit vert. Longuement, alors, je me suis interrogée sur mon déplaisir. Il n'était pas question, pour moi, d'aimer François, mais j'avais, en les voyant tous deux, ressenti un peu de la jalousie d'une sœur exclusive envers celle qui va épouser son frère. Oui, c'était bien cela ! Depuis, je crains de manquer de naturel.

Cependant, il faut faire une halte, les petits sont trop las. Voici le Paulay et son école ! Quelques pierres branlantes à escalader et je frappe à la porte. Il est bientôt quatre heures, nous ne risquons pas de troubler la classe.

François vient de terminer son cours. Ses élèves interrompent leurs rangements et se serrent pour faire place aux miens. Au tableau, des dessins soignés illustrent une leçon de choses. Je les désigne de la main.

« Alors, François, que leur reste-t-il de tout cela ?

– Pas grand-chose, bien sûr ! »

Avisant ses volumineux cahiers de préparation :

« Tiens, vous aussi, vous grattez du papier. Vous êtes-vous pourtant assez moqué de moi, avec les autres, lors de votre première visite ! »

François se penche sur son bureau :

« Dites, lequel d'entre nous, quand nous sommes réunis, voudrait reconnaître qu'il travaille dans des locaux pareils ? Dans les plaines, il leur est facile de déborder de zèle ; on les écoute, on les comprend… L'instituteur, c'est quelqu'un ! Ici, on s'en moque. L'instruction dépasse tellement les villageois qu'ils sont portés à en rire. Combien de fois, de fureur, j'ai fait voltiger mes cahiers. Puis je me calmais, je faisais encore un essai… Pour vous, ce doit être comme pour moi : depuis l'enfance nous avons eu l'habitude, chaque soir, de soigner nos devoirs pour le lendemain, nous avons eu la satisfaction des bons élèves… Alors nous continuons, nous soignons notre classe comme un très long devoir, pour pouvoir dire que nous avons fait quelque chose de notre journée. Quelquefois, mais si rarement, le grain lève…

– François ! Un de mes élèves a compris les pommiers en fleur… Mon année n'est pas perdue !

– Que vous êtes drôle, Josette, avec vos joies subites. Pour un gosse qui a regardé des arbres… Vous me semblez incompréhensible.

– Parlons d'autre chose, voulez-vous… Et cessez de griffonner.

– Non ! un mot encore ! Vous êtes pour moi un paradoxe, quelque chose qui est à la fois blanc et noir. Je n'ai rien trouvé d'autre pour vous définir.

– C’est que vous me regardez depuis le Paulay et, à Trente-Planes, les nuances vous échappent !

– Vous croyez ? Cet hiver vous avez beaucoup souffert… Depuis quelque temps, vous vivez dans une exaltation aussi dangereuse pour vous que votre cafard. Marcel…

– Marcel ! Oh, cela, c’est bien fini !

– Attention, Josette.

– Je suis si bien, toute seule.

– Vous me paraissez bien sûre de vous, ce soir.

– Oui.

– Nous verrons ! D’ailleurs, je n’ai pas à épier votre vie.

– Moi non plus, je n’ai pas à surveiller la vôtre, n’est-ce pas, François ? Allons, les enfants, en route. »

Dehors, je prends la tête de ma colonne de sabots traînants.

CHAPITRE VIII

EN RÔDANT À TRAVERS LE VILLAGE

Le printemps, après avoir tâtonné plus d'un mois, cerne Trente-Planes. Les talus, les prés verdissent. Au ras du sol éclosent des couleurs : le bleu de roi des gentianes pulmonaires, le rose violent des primevères, le violet pâli des soldanelles, et tous les tons de jaune. En bas, dans la vallée, les fleurs s'ouvrent au fil du printemps, et leurs teintes se succèdent plus qu'elles ne se mêlent, avant de s'engloutir bientôt dans les hautes herbes. Ici, jusqu'à l'infini, il semble que la terre même s'épanouit en mousses bigarrées, et qu'elle crie sa délivrance dans une débauche de couleurs. Chaque touffe est une note de la symphonie triomphale qui chante jusqu'aux sommets. Ma joie éclate comme cette flore vigoureuse, nourrie de soleil.

Cependant, en pleine allégresse, il m'arrive, de plus en plus souvent, de ressentir une sourde inquiétude. Le printemps est impuissant à dissiper complètement mes vieilles rancunes. L'histoire de la Pépée me revient à l'esprit et me harcèle. Je me demande qui, à Trente-Planes, a osé… Je vis dans l'insécurité de ceux qui soupçonnent tout le monde, je n'ose être aimable avec personne, de peur de sourire à mon ennemi. Au risque d'importuner mes interlocuteurs, je cherche sans cesse à savoir. Quand je rentre de promenade, je ne ramène pas avec moi la saine détente que j'éprouve dans les prés et les forêts. Dès les premières maisons, ma nervosité renaît. Plus les jours passent, plus je m'irrite de ne pas savoir. Ceux qui ont cherché une fois à me faire du mal peuvent recommencer. Quel plan machiavélique trame-t-on peut-être à cette heure ? Il me faut démasquer à temps ceux qui m'ont calomniée. Après l'affaire du couteau, dois-je douter de Charlot ? Dois-je douter de Mme Péchozel, si brave femme, ou de Mme Maclaz qui, logiquement, n'a aucune raison de mêler son fils à de pareilles histoires ? Qui d'autre alors ? J'étais tellement sûre de découvrir rapidement la coupable que ma colère s'était émoussée dans la joie perverse de confondre la menteuse, de l'humilier jusqu'à ce qu'elle crie grâce. Mais je suis lasse d'imaginer des châtiments, de guetter une proie. Je ne veux plus faire de suppositions, je veux savoir.

Je prends le chemin des Sorbiers pour passer devant la maison de Marcel. La mère Maclaz m'aperçoit par la fenêtre et sort sur le pas de sa porte :

« Il fait beau, hein !

– Oui, il fait un temps superbe.

– Y a bien huit jours qu'on vous a pas vue passer en ça.

– Je passe par le village.

– Y a rien de neuf à Moûtiers ? Faudra ben que j'y descende.

– Je n'ai rien remarqué d'extraordinaire.

– Ben sûr, pour vous c'est comme qui dirait plus plaisant qu'ici, à Moûtiers. Ah, not' pauvre Marcel, faudrait un tour en bas pour lui changer les idées. » Elle s'approche en renouant son fichu. « Vous savez, il vous a peut-être fait de la peine, mais c'est sans malice. Faudra bien le laisser venir vous dire bonjour.

– Après ce qu'il a fait ! Je sais, vous m'avez dit qu'il était affolé par les gendarmes. Ce n'est pas une excuse. Qui sait s'il ne m'a pas dénoncée lui-même ?

– Lui ! »

J'attends une lueur dans ses yeux, peut-être même une phrase maladroite, mais la mère Maclaz se contente de rire.

« Riez, j'ai recueilli des renseignements qui me font penser que le coupable n'habite pas loin de chez lui en tout cas. »

Sur le visage de la bonne femme, aucune crispation n'indique que ma phrase a fait mouche. Je poursuis :

« Ceux qui m'ont calomniée iront en prison. J'y suis résolue, j'ai des témoins. »

La réponse de Mme Maclaz jaillit, fébrile :

« Ça va faire du joli, les gendarmes !

– Ce n'est pas moi qui suis allée les chercher. »

Alors il me semble voir une inquiétude poindre au fond de ses yeux, sa pupille s'élargit un peu. Mais aussitôt, la ronde silhouette de paysanne se redresse.

« Vous faisiez pas tant la fière cet hiver avec le Marcel.

– Votre fils n'a été qu'un nigaud de ne pas voir que je m'amusais de lui.

– Un nigaud ! Ah, vous dites ça parce que vous êtes en colère. C'est tout de même un champion. Le Marcel, s'il avait été malin, y vous aurait eue pour tout le temps comme y voulait... Mais c'est un bêta... et un vrai alors !

– Eh bien, là-dessus, nous sommes d'accord ! Au revoir, madame Maclaz. »

Cette femme est coupable. Elle tremble. Je suis sûre que c'est elle. Elle cherche à détourner la conversation en parlant de Marcel. Et pourtant, si ce n'était pas elle?

J'entre ensuite chez Mme Péchozel. Je menace, dans le vide, de faire châtier mon accusateur pendant que j'épie ses yeux. Je suis tellement à l'affût d'un indice que le moindre mouvement me paraît un aveu. Ses paroles semblent dissimuler la même inquiétude que celles de Mme Maclaz. En sortant de chez elle, j'ai autant de raisons de la soupçonner que l'autre, et je repars, tourmentée d'avoir découvert deux coupables. Peut-être pensent-elles que j'ai appris leur visite chez Barlet et, même innocentes, sont-elles troublées par cette coïncidence?...

Charlot saura peut-être quelque chose. Après l'avoir boudé quelques jours, la seule évocation de son bon visage réjoui m'a rassurée et ramenée près de lui. Chaque jour il a ma visite. J'hésite, malgré ma résolution, à lui demander si son enquête est bientôt terminée. Je considère sa face poupine et je me répète qu'il ne saurait taire un renseignement s'il en possédait un. Je crains, à force de lui poser des questions, d'en venir peu à peu à lui faire des reproches au sujet de son couteau. Il y a une cachotterie entre nous, aussi parlons-nous très peu pour éviter qu'un mot maladroit ne nous impose une explication définitive. Nous sommes toutefois contents de nous voir.

Je choisis pour aller chez lui l'heure de la sieste, après le déjeuner. Une chaleur immobile crée des plages de silence où le moindre insecte est assoupi. La poussière étouffe mes pas. J'arrive devant la petite maison. Charlot dort sur le balcon, allongé contre le mur, sa casquette tirée sur les yeux. Le chat jaune est étendu tout de son long sur la dernière marche, celle qui est cassée avec une moitié en pierre verte, l'autre moitié en pierre grise. Il se remet sur ses pattes et miaule en me voyant. Charlot s'agite sous sa casquette, donne un coup de sabot contre la muraille, puis, tout à coup, se découvre le front, pivote sur lui-même et se redresse.

« Ah, c'est vous, demoiselle? Avec ce soleil, on n'a plus de courage. Faut entrer boire un peu... Mais si... C'est pas de refus quand il fait si chaud. »

Aujourd'hui, à ma grande surprise, Charlot ne dort pas. Il me tourne le dos debout devant son poulailler, les poings sur les hanches. Il oublie de me saluer pour me prendre à témoin de son indignation:

« Et après ça, vous direz que les bêtes sont bêtes. Tel que j'suis et j'suis comme ça, demoiselle, c'est pas vrai... »

Je me tais devant cette véhémence. Il poursuit, avalant sa salive :

« Regardez là-haut les deux éperviers... Vous les voyez ? Ç'aurait-y pas été dommage de leur laisser mes poussins ! Je vais pour les faire rentrer avec la poule, elle glousse comme une perdue et elle veut rien entendre. Je les compte : y en a que six. Je cherche partout les autres. C'était la Marie qui les avait enfermés chez elle, et dans la presse, elle les avait pas comptés. Quand les deux poussins arrivent sur le chemin, voilà la poule qui court à leur rencontre en écartant les ailes et cette fois-là elle rentre. Vous qui êtes instruite, je parie que vous savez pas que les bêtes peuvent compter. Elles sont moins bêtes que le Glaude Bottaz et les autres. Tel que j'suis et j'suis comme ça, je vous dis qu'elles savent compter. » Puis, rejetant sa casquette en arrière, comme pour traiter une affaire sérieuse :

« C'est-y que vous venez avec moi après-demain au Pré des Longs ? J'suis comme ça, j'vous dis que pour un tour, vous en aurez jamais fait un si joli. »

CHAPITRE IX

DANS LE NOIR

Près du mur de la poste, j'ai croisé Marcel. Il a cherché à fuir, l'espace d'une seconde. J'ai continué à avancer en le regardant durement. Son pas s'est ralenti, mais j'ai poursuivi mon chemin.

J'aurais pu l'arrêter, m'emporter, l'accabler de reproches. Les mots sont trop faibles pour exprimer tout ce qu'il faudrait dire. D'autre part, il m'aurait tutoyée, et un peu du passé se serait insinué entre nous… Mais qui se hâte derrière moi ? quel est ce pas robuste qui va me rejoindre ? Qu'il me laisse, qu'il se taise !… Ah !… Ce n'est qu'un villageois inconnu.

Afin de nous épargner une nouvelle rencontre, j'emprunte, pour rentrer, le chemin de la chapelle, suspendu à flanc de rocher.

De là-haut, on sonde l'espace. Les fumées du soir emplissent les gorges. Le cirque doré des sommets diminue peu à peu. Bientôt, le dernier récif de clarté s'éteint dans le ciel. Il fait une nuit profonde sur les monts, sous les rocs, sur la route.

En me retournant, je me trouve face à la chapelle. La masse blafarde de ses murs, le bruit de sa source miraculeuse qui me frôle, vivant et invisible, font monter en moi une sourde angoisse. Des éclairs de chaleur découpent l'horizon noir. Je me hâte, poursuivie par des ombres qui froissent les taillis et s'aplatissent dans les fossés lorsque je tourne brusquement la tête…

Au moment où, au débouché du sentier de Notre-Dame, je rejoins la route, le heurt d'une canne scande le bruit sourd d'un pas. Je me glisse derrière un buisson. C'est l'aveugle ! Où va-t-il si tard, dans cette direction ? Il n'a pas ses lunettes. Ses yeux grands ouverts regardent de mon côté. Je m'enfuis vers le Paulay.

J'ai envie de m'arrêter chez François, mais je crains qu'il ne soit pas seul ? Allons, continuons notre route. Qui vient là-bas, derrière moi ? Ce pas lourd qui fait crier les cailloux, cette silhouette tassée… C'est le Bissot ! L'aveugle, le Bissot… Est-ce cette nuit d'orage qui les jette tous deux sur les routes comme la pluie d'été attire les bêtes molles hors de la terre ? L'être voûté, difforme, qui se rapproche, arrive du fond des âges : l'homme de Cro-Magnon ! Il m'a reconnue et s'arrête à mon côté avec un gloussement. Le lieu est désert. Prestement, je me baisse, feignant de resserrer mon soulier et je saisis à tâtons un caillou bien pointu que je glisse dans ma poche. En cette compagnie et avec cette arme, je me crois tout de bon revenue à l'âge de la pierre. Cette pensée m'amuse et c'est avec une certaine désinvolture que je questionne :

« Alors, le Bissot, on remonte ?

– Voua !

– Il fait bien sombre ce soir.

– Voua ! »

La conversation prend un tour vraiment inoffensif. Je continue à l'interroger, car ainsi, je distrais son esprit et il n'a pas le loisir de ruminer un mauvais coup.

« Et les pommes de terre, elles sont toutes plantées ?

– Ben… voua ! »

Sa voix gronde. Tantôt il s'écarte et tantôt il se cogne contre moi en marchant. Nous avons encore presque deux kilomètres à faire ensemble… C'est impossible ! Encore un tournant et le Villaret sera là, sur la gauche.

« Je vais bientôt vous laisser, je m'arrête au Villaret.

– À l'école?

– Je ne sais pas… La maîtresse couche peut-être encore chez le conseiller!

– L'a peur?

– Oui, il y avait du bruit.

– Ah! Ah! Ah! Ah! Ah! »

Le Bissot m'a touché le bras. Je serre très fort mon caillou dans ma main.

« Vous croyez que c'était amusant?

– Non. Ah! Ah! Ah! Ah!

– Mais qu'est-ce qui vous fait rire?

– Le Tonin. Ah! Ah! Ah! Le trou… dans la cheminée. »

Que dit-il? Le trou, quel trou? Je le harcèle de questions. C'est très difficile à comprendre car ses explications sont hachées de ricanements, de ronflements, de phrases en patois. Je ne songe plus du tout à voir Solange. Lambeaux par lambeaux, je dépouille les nuits du Villaret de leur mystère.

« Vous voulez dire que, par une trappe du four, le Tonin se glissait dans la cheminée de la pièce pendant que vous faisiez le guet.

– Voua.

– Et qu'il s'en allait à travers champs, en passant par-derrière. Il avait de la constance pour frapper ainsi toute la nuit. Mais le volet de la maison du conseiller? Comment a-t-il pu couper la corde?

– Je n'étions pas avec lui ce coup-là... L'a dû monter de l'autre maison... pi, hop sur le bord!

– Ah, oui, la grange en face!... Et il aurait sauté sur le rebord de la fenêtre. Mais pourquoi toutes ces acrobaties?

– Hein?

– Oui, pourquoi faisait-il cela?

– Le Marcel... Fallait pas...

– Il ne fallait pas quoi?

– Sais pas...

– Bon, je demanderai au Tonin.

– Oh! il bat.»

Et dans l'ombre, il cache sa tête dans son bras. Émue par ce geste de brute craintive, je lui promets de ne rien dire.

C'était donc le Tonin... Je revis nos nuits hallucinantes. Dans ma tête le problème se résout comme sur un «livre de maître» : la page est divisée en deux. D'un côté les questions et de l'autre les réponses... Tout est clair.

Comme tout cela est plat et décevant! Déjà le choc, l'émotion de nos terreurs et du mystère ont disparu. J'en éprouve presque du regret. Mais pourquoi le Tonin n'est-il pas venu frapper à Trente-Planes ? Sans doute parce que la maison était moins solitaire, ou parce que Marcel venant tous les soirs, il était trop tard pour l'éloigner de moi.

Ainsi, comme il le disait si bien, il voulait « une femme comme un bouquet dans sa maison »... et il avait fixé son choix sur moi, peut-être ? Je me vois en train de préparer le repas pour le Tonin et le Bissot, de recoudre leurs loques, de patauger dans leur écurie ! Ne vais-je pas paraître à nouveau accessible puisque je suis libre. Je comprends... Déjà le Tonin rôde et amasse des projets derrière son front trop grand. Plusieurs fois, il m'a offert de la viande et du fromage que j'ai refusés ! Il y a une quinzaine, il est venu me chercher pour la « ronde ».

Aux beaux jours, chaque dimanche soir, jeunes gens et jeunes filles courent et se bousculent sous mes fenêtres. En contrebas s'étend un pré, le seul du hameau qui soit presque plat. Et là, sans orchestre, on s'amuse comme autrefois. Les heures tournent dans le piétinement d'une ronde, accompagnée toujours de la même ritournelle :

« Embrassez-vous, charmante rose, embrassez-vous, charmant rosier... »

Des cris saluent le sage baiser et la ronde repart de plus belle.

« La, la la la… la la la… la la…

« Embrassez-vous, charmante rose… »

Qui aurais-je embrassé, Marcel ou le Tonin ? Faut-il que ce dernier soit sûr de moi, de mon indifférence à l'égard de l'autre, pour avoir voulu m'inviter ? Certainement, il prépare de nouveaux assauts. Dorénavant, je serai plus que jamais sur mes gardes.

Dans le noir moelleux s'ouvrent, lumineuses, les rainures de volets. Nous voici à Trente-Planes. D'un coup d'épaule, le Bissot fait glisser sa musette, et bifurque vers sa maison en grommelant par trois fois : « Au revoir, maîtresse. » Derrière lui, je lance ma pierre inutile dans un trou d'ombre.

CHAPITRE X

Printemps montagnard

Le dimanche matin, comme nous l'avions décidé, Charlot, avec une belle casquette neuve, et moi, tout impatiente, nous partons à travers prés. Charlot avance à longues foulées, silencieux, penché vers la terre. Nous marchons une heure, deux heures, en effleurant du pied les touffes de primevères et de petites gentianes. Nous descendons dans la vapeur ocrée du torrent. Les neiges des sommets s'éloignent derrière Trente-Planes. Dans la basse vallée de Saint-Paul, les herbes lavées de lumière se peuplent de hautes fleurs, de myosotis bleus marbrés de rose, de noirs boutons d'ancolie et surtout des boules d'or des trolles, ces trolles joufflus qu'on a envie de mordre et de croquer. Un pont sous les aulnes nous mène sur l'autre versant. Une sapinière remonte avec nous la pente puis s'ouvre sur une immense prairie : le Pré des Longs. Par bouquets, les anémones blanches et soufrées s'épanouissent, robustes dans leur duvet doux. Bien plus haut, là où les pointes des rocs déchirent le gazon, des flaques de gentianes débordent partout en lacs d'outremer. J'avais remarqué autrefois les doigts bleus de ces gentianes plus lourdes, plus grosses que celles de Trente-Planes. Elles s'entassaient chez les fleuristes des villes, éteintes comme un paysage qui a perdu son soleil ; pour la première fois, je les vois vivantes, condensant des bleus d'eau, des gouffres d'azur qui s'enfoncent dans la terre.

Charlot redescend marquer sa coupe de bois. Je reste seule au milieu des alpages. Les herbes caressent mes jambes nues, les fleurs sont douces à mes mains. À mesure que j'avance, l'espace s'élargit, l'air devient de plus en plus léger à mes épaules, le poids de mes vêtements, celui de ma chair, de ma tête, de mes pensées, s'évanouit, glisse et se perd sur la pente. L'air est scintillant et jeune comme la rosée. Un bonheur frémit dans mon sang : l'ivresse de la haute montagne ! Je cours comme on court dans les rêves, sans coucher terre, aussi légère que le pollen de la prairie.

Nous rentrons tard dans le crépuscule. Je rapporte jusque chez moi le soleil des alpages.

Derrière la porte, ma lampe projette son rougeoiement sur mes visions radieuses. Alors, pour revoir les couleurs du soir, j'ouvre ma fenêtre. La montagne est sombre. Une écharpe de clarté glisse et se déploie sur la colline. Le torrent bruit doucement comme un feuillage. La senteur de la sève lutte avec l'air acide des glaciers.

Je n'ai au cœur aucun besoin d'aimer, aucun désir. Sous les cieux de lumière chante la sérénité des mondes. Alors, de tout mon être, un hymne païen s'élève, plus pur qu'une prière.

CHAPITRE XI

ADIEUX

Un jour, vers midi, rentrant du Villaret, je trouve, glissée sous ma porte, une enveloppe administrative à en-tête. Que me veut-on ? Est-ce déjà une réponse de l'inspecteur ?

« Mademoiselle,

« J'ai pris en considération votre lettre indiquant que l'effectif de votre classe était, avec les beaux jours, descendu à zéro. En conséquence, la fermeture de l'école de Trente-Planes est décidée ainsi que son intégration dans la catégorie des postes temporaires.

« Vous voudrez bien vous mettre à la disposition de l'administration dès la fin de cette semaine. Une note de l'inspection académique vous fera connaître dans votre famille votre nouvelle affectation. »

Je vais partir ! Demain, il va me falloir quitter Trente-Planes, rentrer chez moi, alors que c'est à présent la fête de la montagne ! Je griffonne un mot pour Solange, puis je fais mes malles avec rage. Personne ici ne sait encore la nouvelle. Je voudrais d'abord avertir Charlot, mais j'ai peur de fondre en larmes : sa figure hilare, ses propos ahurissants avaient si bien pris leur place dans ma vie ! Peut-être, cet après-midi, me déciderai-je à aller chez lui. Ne faudra-t-il pas, de toute façon, que je demande à quelqu'un de voiturer mes bagages jusqu'au chef-lieu ?

En apprenant mon départ, Charlot lance un « Nom de Dieu » sonore puis, silencieusement, gratte sa tête sous la casquette en regardant par terre. Je n'ai pas la force d'attendre qu'il parle ; je m'enfuis sur la pointe des pieds.

Mme Maclaz, elle, me dit simplement :

« Alors, vrai, vous nous quittez comme ça ? »

Le vieux Jeantotin insiste pour descendre mes bagages, et sa femme veut à toute force, clopin-clopant, m'accompagner jusqu'au Villaret.

« Merci, mémé Jeantotin, mais je tiens à partir seule.

– Vous reviendrez aux vacances, demoiselle, faudra pas trop nous faire attendre. »

Aux vacances! Où serai-je aux vacances?

« Mais bien sûr, je reviendrai.

– Voilà un bout de beurre pour votre maman, et puis on avait pensé que ça vous ferait plaisir, ce châle! »

C'est un carré de soie brune brodé dans les angles d'arabesques aux teintes vives. Il m'aidera à oublier ceux de Marcel que j'abandonne dans l'armoire. La femme du conseiller, en furetant dans le logis, les découvrira sans doute et les reconnaîtra. Alors la mère Maclaz, après s'être hautement désolée de mon étourderie, se hâtera, en bénissant le ciel, d'aller les ranger dans son coffre.

Mme Péchozel est déjà au courant de mon départ. Avec une précipitation inusitée, elle envoie ses deux plus jeunes enfants jouer au dehors et commence, en me regardant bien en face:

« Mademoiselle, vous avez pas voulu le dire, mais j'ai bien senti ces jours que vous étiez toute drôle avec moi... En allant à la messe, la Mélie du brigadier m'a dit que Charlot lui avait demandé des noms... J'ai bien pensé que c'était pour vous. Je voulais pas que vous restiez à me soupçonner, mais je pouvais rien dire. Je suis pas une faiseuse d'histoires. On peut avoir besoin de tout le monde dans le village. Comme vous partez, je peux tout vous raconter. Je veux pas que vous emportiez une idée sur moi. La Toinette Roux et la Marie Maclaz se sont monté la tête… La Toinette disait qu'elle allait vous apprendre à faire des leçons de morale aux autres, et la Marie, que c'était une honte de laisser son fils comme ça, pour rien du tout. C'est elle qui est allée chez les Barlet. Vous demanderez à la Mélie, en descendant, si je dis pas vrai.

– Comment ? Mme Maclaz ! Et Marcel ? Elle n'a pas pu faire ça… Mêler son fils à un scandale… Mais c'est impossible.

– C'en est une finaude. Après ça, vous étiez forcée de marier son fils ; ils avaient votre paye pour eux et vous les aidiez encore pour les travaux. Mais ça leur a fait peur de signer des papiers. À moi, ça me faisait de la peine de penser ce que vous étiez en train de croire de moi.

– Mais enfin, avec cette histoire, je perdais ma situation ?

– Eh non, puisque l'enfant, il est mort tout seul. On pouvait pas punir. La Lucie du conseiller l'a vu s'étouffer. C'était pour vous faire peur. Ah ! Barlet s'est mis dans une belle colère. »

J'ai l'impression de descendre dans un gouffre en tourbillonnant. Un tour, deux tours, trois tours, dans le noir, dans le froid. Toujours, toujours descendre, descendre... Quand j'ouvre les yeux, la pièce vacille autour de moi. Je m'accroche à la table. Mme Péchozel, avec la pudeur des paysannes devant la souffrance des autres, regarde par la fenêtre. Elle attend que je parle pour me regarder.

« Et Charlot, comment n'a-t-il pas su ?

– C'était pas la peine de faire du bruit avec ça. Charlot, y a pas plus compère. La Mélie s'est méfiée... »

Je n'écoute plus ce qu'elle me dit. La fureur m'étouffe. Je bondis vers la porte. Mme Péchozel me retient.

« Faut pas faire des sottises maintenant que vous partez. À quoi ça servirait ? Dites un peu. Ça ferait un scandale sur vous comme sur les autres... Ils sont assez punis de pas vous avoir pour le Marcel. Vous étiez un si beau parti ! »

Rentrée chez moi, longtemps après, avec des gestes lassés, je fouille partout pour ne rien oublier. Mes skis dans la vieille classe. Mes skis... Je caresse leur bois poussiéreux : ils m'ont délivrée de mon isolement. Un instant, je songe à Marcel, à mon beau moniteur qui rougissait en fixant mes tendeurs, et se relevait, fuyant mon regard. Nos journées sur la neige montent, toutes claires, à la surface de ma mémoire. Pour la première fois depuis bien longtemps, je les évoque. J'ai tant pleuré ce soir que je n'ai plus la force de haïr.

J'ai passé les bornes de la colère et de l'écœurement. En vouloir à ce pauvre pantin qui hausse la voix au dehors, mais file doux devant sa mère ? À cette femme diabolique qui doit être hors d'elle-même à l'idée que son piège a été inutile ? À ce village complice, un instant heureux de savoir que je me débattais dans l'inextricable ? À quoi bon ? Je pars. Il est presque doux de compter mes illusions déçues et de plonger dans la pureté de quelques souvenirs.

Il est tard. Demain je quitte toutes mes habitudes. Avec la séparation, elles me deviennent chères. Autour de moi, ces objets misérables ont meublé mes jours ! Je souffre de ne pouvoir leur arracher ce qu'ils peuvent garder de moi. Ailleurs, il va me falloir refaire ce lent travail d'adaptation, je n'ai pas le courage d'affronter du nouveau. Si Trente-Planes... Mais il n'est plus temps. Demain, lorsque la route disparaîtra derrière la colline, je ne veux pas, appuyée à la barrière d'écorce, chercher une dernière fois le village, avec, brillant dans mes yeux, le désir d'un retour.

CHAPITRE XII

ENCORE !

Tard dans la nuit, on frappe à ma porte.

« Qui est là ?

– Marcel.

– Ce n'est pas la peine de me déranger.

– Ouvre, j'ai quelque chose à te dire. »

Il entre, grandi par la pénombre de ma chambre. Une odeur d'hiver et de bétail monte à mes narines. La beauté de Marcel est un masque que je voudrais arracher pour laisser apparaître, derrière, le grouillement noir et sournois de ses pensées.

« Que me veux-tu ?

– La mère a dit qu'il fallait bien penser aux châles.

– Les châles... Ah, oui, naturellement. Je n'avais pas l'intention de les emporter... Tiens, les voici... C'est tout ce qu'il te faut ? Eh bien, qu'attends-tu ? Va-t'en.

– Alors, tu pars comme ça ?

– Tu voudrais peut-être qu'avant de m'en aller, je te dise ce que je pense de toi ?

– Tu es donc si méchante?

– As-tu autre chose à me dire? »

Il s'adosse à l'armoire et détourne son fin profil.

« Ta mère croit-elle que je peux encore m'attendrir? J'en sais trop long maintenant!

– Quoi?

– Oh, rien. »

Il incline lentement la tête, avec l'air de souffrir. Je me retiens de faire un geste vers lui pour relever doucement son front. Brusquement, il tressaille, les mots sifflent rapides entre ses dents.

« Ailleurs, tu trouveras encore un paysan à attirer chez toi. »

Je ris.

« Vas-tu filer? »

Il se rapproche.

« Josette, non, dis plus rien! Non! Je pars avec toi. Je veux pas te voir partir. Dis, il faut pas m'en vouloir? »

J'ai à nouveau un rire ironique où tremble la colère que je dompte à grand-peine. Il va pour se jeter sur moi, mais je bondis en arrière. La lampe roule sur la table et le verre éclate. Dans le noir, j'allume ma torche électrique et je la braque dans la direction de

Marcel. Son visage apparaît blanc, creusé d'ombre, avec des yeux verts transparents. Une minute passe, puis des sabots résonnent dans l'escalier.

Je fais signe à Marcel de ne pas parler.

« C'est moi, mademoiselle, le Tonin !

– Laissez-moi, vous reviendrez demain.

– Ouvrez, je vous dis. Ouvrez ! »

La présence de Marcel me rassure.

« Ce ne sont pas des heures pour faire des visites. Allez-vous-en ou j'appelle. »

Après une seconde de silence, les sabots redescendent.

Je me sens plus calme que tout à l'heure.

« Allez, vous aussi rentrez chez vous… Demain, j'aurai la fatigue du voyage.

– Josette, écoute-moi.

– Rentrez chez vous et laissez-moi ! »

Marcel paraît visiblement gêné par mon vouvoiement. Il hésite encore. Je brusque sa décision.

« Vous tenez absolument à ce que j'aille coucher chez les Jeantotin ? C'est bien, je m'y rends de ce pas. Bonsoir ! »

Je m'engage dans l'escalier. Marcel me suit. Dans le couloir, je m'arrête. Il franchit le seuil en murmurant :

« Avec la mère, on vous croyait pas comme ça, quand même !

– Bien sûr ! »

La porte claque, épaisse et solide, entre nous.

CHAPITRE XIII

En route !

Le car amplifie son bruit de ferraille... Cependant que les cahots jettent mon corps las de côté et d'autre sur la banquette, je range dans mon cœur mes derniers souvenirs de Trente-Planes.

Réveil dans la buée dorée du matin... Encore une fois, devant mes yeux, le mont Fort, majestueux, et la longue croupe qui s'étire ainsi qu'une chatte sous une caresse... les lointaines montagnes gelées, triangulaires, comme sur des dessins d'enfants... Deux pièces vides jonchées de papiers d'emballage, quelques gosses qui sont venus me dire au revoir, les mains pleines d'œufs et de bouquets aux tiges trop courtes... l'escalier sombre, la route menant au chef-lieu, les portes closes de la mère Verdors et du Tonin. Et moi, sur la route, vêtue de clair, avec des bas fragiles et des mains vides.

Adieu, mon chemin des Sorbiers ! Voici le Villaret... un champ en haut d'un talus élevé...

un grand gars pensif, qui me regarde appuyé sur sa pioche… Je gravis le talus.

« Au revoir, Marcel. Bonne chance avec la prochaine institutrice ! »

Il répète d'une voix machinale :

« La prochaine, comment ?

– Allons, au revoir, Marcel. »

Il broie ma main dans la sienne, puis se remet à gratter la terre. Au premier virage, je me retourne ; il est debout, les yeux tournés vers moi. Je lui fais un dernier signe d'adieu.

Maintenant, je suis certaine de lui avoir échappé ! Le plus difficile a été de le chasser de mes rêves ; la nuit l'imposait à mon sommeil, mes réveils me trouvaient désarmée, faible. Alors je devais rassembler tous mes griefs contre lui ; un instant, j'avais peur : ils me fuyaient, puis, tout à coup, ils grondaient en moi et je ne redoutais plus rien du jour à venir. Oui, maintenant que je suis hors d'atteinte, je peux reconnaître calmement tout cela et agiter mon bras une fois encore, soulagée et triomphante.

Près du petit bois, j'ai la dernière vision de Trente-Planes niché dans les alpages au milieu du lacis argenté des torrents…

Jeantotin est près du car, surveillant le chargement de mes bagages. À ses côtés, Janine, Solange, Robert, Jean-Claude et François attendent. Solange les a prévenus.

« Alors, vous nous quittez, Josette ? »

On ne sait que dire. On émiette des mots bêtes que le départ imprègne d'une émotion que l'on mettra des années à oublier. On cherche vainement une diversion. Janine m'apprend son prochain changement de poste. Les autres restent ici jusqu'aux vacances. Robert se retourne vers François :

« Quand on ira en excursion, tu nous amèneras ta "conquête" pour ne pas laisser vide la place de Josette. »

Au lieu de nous faire rire, cette phrase renforce notre malaise. Enfin José, le chauffeur, distribue les billets : il faut monter... Jeantotin se précipite à la portière :

« Maîtresse, j'oubliais, avec ces messieurs et demoiselles... Y a le Charlot qui m'a donné un drôle de colis pour vous. C'est pour vous tenir compagnie, il a dit. »

Il me tend un panier d'osier agité de soubresauts inquiétants. Je soulève avec précaution le couvercle, et que vois-je ? Une tête jaune qui aplatit ses oreilles pour passer : le matou de

Charlot!... J'empoigne l'animal qui me reconnaît et se met à ronronner et je le pousse hors de la portière.

« Il retrouvera sa route. Vous direz qu'il s'est échappé du panier. Brave Charlot! Je lui écrirai dès mon arrivée. »

Le moteur ronfle... Solange me tend une de ses photos. Jean-Claude m'offre un bouquet de gentianes. Alors Robert arrache le bleuet qu'il a à sa boutonnière:

« Et puis voici mon cœur... »

Enfin, il a trouvé un prétexte pour nous faire rire! Le moteur ronfle plus fort... On se rencontrera aux vacances... Au revoir!... Des enfants sautent dans la rigole pour laisser passer le car, des femmes se retournent pour voir quels voyageurs il emmène... Bientôt, on n'aperçoit plus que des mains qui s'agitent au sommet d'une pente et, tout en haut, la pointe du clocher qui n'a pas d'aiguilles à son horloge et qui oublie le temps.

Au loin, sur d'autres Trente-Planes, s'ouvre la vallée brumeuse du matin.

FIN

TABLE

PREMIÈRE PARTIE

DEUXIÈME PARTIE

Chez le même éditeur
Extrait du catalogue et des collections

Les Savoisiennes

Le Monde merveilleux d'Estella Canziani (Paul Guichonnet, François Forray)
Les Cadrans solaires des pays de Savoie (François Isler)
Mont-Blanc, conquête de l'imaginaire - collection Paul Payot (M.-C. Vellozzi, M.-T. Vercken, P. Guichonnet, P. Joutard, H. Lebailly)
Le Lac du Bourget - Lac majeur de France (Johannès Pallière)
Au temps des alpages (Roger Frison-Roche, Philippe Mazure)
Histoire exemplaire du lycée Vaugelas de Chambéry (Johannès Pallière)
J'appartiens au silence - *Maurienne vallée rebelle et vallée martyre* (Rosine Perrier)
Le Bout du monde - *Six mois dans les neiges de Haute-Maurienne* (Madeleine Triandafil)
A noi Savoia - *Histoire de l'occupation italienne en Savoie* (Christian Villermet)
Chronique de la Haute-Savoie pendant la seconde guerre mondiale (Michel Germain) :
- ***La nuit sera longue**** - *De la «drôle de guerre» au temps de la «zone libre»*
- ***Les Maquis de l'espoir***** - *Au temps de l'occupation italienne*
- ***Le Sang de la barbarie****** - *Au temps de l'occupation allemande*
- ***Le Prix de la liberté******** - *Des Glières à la Libération*

Les Glières - mars 1944 - *Une grande et simple histoire* (Michel Germain)
Histoire de la Milice - *Guerre civile en Haute-Savoie* (Michel Germain)
Mémorial de la déportation (Michel Germain)
Histoire de Savoie depuis la domination romaine jusqu'à nos jours - *préface d'Eugène Sue* (Claude Genoux)
Histoire de la Savoie (Henri Ménabréa)
Annecy, les poètes, le lac (Georgette Chevallier, Alphonse Puthod)
Les Mémoires d'Adélaïde Victoire de Bellegarde (André Gilbertas)
Henri Jacquier, une figure locale - *Des Thermes d'Aix à la vie publique* (J.-F. Connille)
Le Tour de Savoie par deux enfants (Marie-Thérèse Hermann)
La Savoie traditionnelle (Marie-Thérèse Hermann)

Les Enfants du malheur (Marie-Thérèse Hermann)
La Cuisine paysanne de Savoie (Marie-Thérèse Hermann)
Savoie mystérieuse et légendaire (Marie-Thérèse Hermann)
Mémoires d'une enfant de la Savoie (Marie-Thérèse Hermann)
Architecture et vie traditionnelle en Savoie (Marie-Thérèse Hermann, François Isler)
Maurienne, la vallée de l'aluminium (Daniel Déquier)
De bouche à oreille - *Contes et récits tirés de la tradition orale* (Daniel Déquier)
Costumes de Savoie* - Maurienne (Daniel Déquier, François Isler)
Costumes de Savoie** - Tarentaise, Beaufortain, Val d'Arly (Daniel Déquier, François Isler)
La Reine du soufre - *Histoire de Challes-les-Eaux* (André Dumollard)
La Mémoire du vieux village - *Bessans* (Eugénie Goldstern)
Les Gamins du Rhône - *Enfants de Savoie, jadis* (André Béard)
L'architecture traditionnelle en Savoie (Henri Raulin)
Albert Bernard - *Vie et mort d'un jeune Savoyard tombé pour l'Afrique* (Jean Comte)
Bessans - Village d'Art (Suzanne Bourgeois)
Souvenirs de guerre (Roger Racloz)
Histoire de la Compagnie des guides de Chamonix (Daniel Chaubet)
Sur les Chemins du Baroque* - En Beaufortain et Val d'Arly (photographies de Denis Vidalie et Béatrice Cafieri, préface de Michel Barnier)
Sur les Chemins du Baroque** - En Tarentaise (photographies de Denis Vidalie et Louis Hugonnard, préface de Michel Barnier)
Sur les Chemins du Baroque - En Maurienne*** (photographies de Denis Vidalie et Louis Hugonnard, préface de Hervé Gaymard)
L'Inconnu d'Uccello (André Gilbertas)
Les Mots du Haut-Chablais (Maurice Richard)
Les Catholiques savoyards (Christian Sorrel)
La Chronique de Savoie - *traduite par Daniel Chaubet* (Jean d'Orville, dit Cabaret)
Les Clochers à bulbe (Pierre Boulais, François Isler)
En Savoie - Le pinceau et la plume (Marif Bachasson, Maurice Vuillermet)
Le Petiou (Jean-Gaspard Perrier)
Histoire de Courchevel Saint-Bon en Tarentaise (Marcel Charvin)
Une saison de vent - *Contes et légendes, poèmes et récits de Maurienne et d'ailleurs* (Rosine Perrier)
Histoire du Châtelard-en-Bauges (Henri Bouvier)
Pays, paysages, paysans (Christian Combaz, Philippe Mazure)
Le Conseil général de la Haute-Savoie - 137 ans, 330 élus (Pierre Soudan)

Camille Costa de Beauregard (Robert Fritsch)
Histoire de l'annexion de la Savoie à la France - *« 1860 et nous »* (Paul Guichonnet)
La Royale Maison de Savoie - Roman historique d'Alexandre Dumas :
- ***Emmanuel-Philibert*** - *Le Page du Duc de Savoie**
- ***Emmanuel-Philibert*** - *Léone, Léona***
- ***Charles-Emmanuel III***, *Mémoires de la Comtesse de Verrue, surnommée la Dame de Volupté****
- ***De Victor-Amédée III à Charles-Albert*****

Savoie, une montagne de légendes (Lucien Chavoutier)
Savoie baroque *(ouvrage collectif, sous la direction de Dominique Peyre)*
Arthur de la Dent d'Oche (Paul Guichonnet, Daniel Dunet)
Alpages, terres de l'été* Savoie - *Des montagnards d'antan... aux alpagistes d'aujourd'hui* (Charles Gardelle)
Alpages, terres de l'été** Dauphiné (Charles Gardelle)
Symphonies pastorales dans les montagnes de Savoie (François Isler)
Aquarelles en Haute-Savoie (Nicole Tercinet)
Aquarelles en Savoie (Nicole Tercinet)
Pain dur et pain noir, les deux pains de l'espoir (André Gallice)
Avrieux, mille ans d'histoire, mille trésors (Stéphanie George, Christian Simon, Isabelle Desse)
Chambéry au fil d'un siècle - 1900-2000 (Jean-Olivier Viout)
De la Savoie au comté de Nice en 1760 - *Les secrets de la nouvelle frontière* (Johannès Pallière)
La Mémoire du vieux village - *La vie quotidienne à Bessans* (Francis Tracq)
Le Lac du Bourget, miroir des peintres et des poètes (Sylvain Jacqueline)
Abondance - Les peintures murales du cloître de l'abbaye (Jean-Marie Benand, Patrick Brault)
L'Album du petit ramoneur - *Présenté par Paul Guichonnet* (Monique Dejammet)
Saints et Saintes de Savoie (Jean Prieur et Hyacinthe Vulliez)
Conflans (Françoise et Gilbert Maistre)
Les Glaciers du Mont-Blanc (Robert Vivian)
Pierres fortes de Savoie (Bruno Berthier et Robert Bornecque)
Les Sentiers du Petit Bonheur (Véronique Foltran, Jean-Luc Sollero, textes de Roger Loyet)

Bibliophilie Savoisienne

Savoie - l'œuvre peint (André-Charles Coppier) :
- ***De Tarentaise en Maurienne*** *
- ***Les portraits du Mont-Blanc*** **
- ***Au lac d'Annecy*** ***

La Savoie (Joanny Drevet) :
- ***Au seuil des Alpes de Savoie*** *
- ***En Maurienne*** **
- ***En Savoie - Annecy, Chambéry et leurs environs*** ***

Mont-Blanc, conquête de l'imaginaire - collection Paul Payot (M.-C. Vellozzi, M.-T. Vercken, P. Guichonnet, P. Joutard, H. Lebailly)

Les Chants de la Terre

J'ai plus de souvenirs que si j'avais mille ans (José Reymond)
Musette, la fille de la vipère (Venance Gacon)
Les Cousins * - *L'Odyssée de l'exil des Savoyards en Argentine* (Claude Chatelain)
Les Cousins ** - *Les Savoyards de la Pampa* (Claude Chatelain)
Les Cousins *** - *Le Temps des retrouvailles* (Claude Chatelain)
Quand on écoutait le soleil - *Une enfance en Savoie dans l'entre-deux-guerres* (Alexis Vibert-Guigue)
Les Mémoires d'André Gallice, poète-paysan savoyard :
- ***Le loup n'a jamais mangé l'hiver*** *
- ***Le Borboyon du grand roc*** **
- ***Souvenirs d'un paysan de Savoie*** ***
- ***Si mon village m'était conté*** ****

Péronne 1800 (Josette Buzaré)
Amélia ou la Misère dorée (Régine Boisier)
Maria ou la Misère noire (Régine Boisier)
Laura ou le Plein Été (Régine Boisier)
La Dame du Lac-Bénit - *Ballade d'une dame des Temps jadis* (Régine Boisier)
Élise au pays des alpages - *L'enfant des Aravis* (Régine Boisier)
Jérôme 1800 - *« Le Français » au pays des Savoyards* (Régine Boisier)
Adrien, fils de paysan (Régine Boisier)
Le Papillon d'argile (Jean G. Adam)
Deux âmes sœurs (Didier Lachavanne)
Que la volonté du père (Didier Lachavanne)
Contes de la Lombarde - *Légendes au Pays du Diable* (Damien Tracqui)
La lune est à couvert des loups (Paul Vincent)

Angélique 1900 (Renée Martin-Pillet)
Ton père tu honoreras - *Joseph 1900* (Renée Martin-Pillet)
La Maison morte - *postface de Francis Tracq* (Henry Bordeaux)
Apolline ou les Valses du destin (Colette Gérôme)
Le Jugement de Combefroide - *La Nuit de l'innocence* (Colette Gérôme)
La Montagne apprivoisée (Paul Gaillardot)
Le Fléau de Dieu - *Le mythe des Sarrasins en Savoie* (Damien Tracqui)
La Veillée chez Menthine - *Contes et récits du pays du diable* (Lucienne Zinant)
Au pays de la Margot (Lucienne Zinant)
Graine de paysan (Lucienne Zinant)
Médecin des neiges (Docteur Charles Socquet)
Trente-Planes - *La solitude d'une institutrice de haute montagne* (Juliette Airel)
L'Or perdu de la Séveraisse (Michel Floro et Alain Rota)
Ce bus dessert Chantemerle... (Jean-Pierre Marduel)
Saint-Boniface et ses Juifs - *Un été 42 en Ardèche* (Ladislas et Nathalie Gara)
La Montagne promise - *Un médecin de la ville et une fille des montagnes de Savoie aux heures périlleuses de la Résistance* (Arnaud Florand)
Le Neveu de Gaspard - *Le roman d'un colporteur* (Jean-Paul Gay)
Le Grand Moutardier du Pape (Patrick Dalmaz)
Chemin faisant - *Sur les pas du docteur Gérard* (Docteur Jacques Gérard)
Dans le vert paradis des amours enfantines - *Tout le monde t'attendent...* (Jean-Marie Gueyraud)
La Ligne bleue - *Printemps 1919 : Retour d'Ulysse et Édouard en terre de Savoie* (Jean-Paul Gay)

Les Carnets de Vie

Les Mémoires d'un enfant de la Savoie - *Carnets d'un petit colporteur* (Claude Genoux)
Carnets d'un curé de montagne (Claude Chatelain)
Carnets d'un collégien d'autrefois - *La suite du* Petiou (Jean-Gaspard Perrier)
Carnets d'une jeune fille pendant la guerre - *Le soleil en cendres* (Marie Ponce)
Carnets d'un instituteur autrefois - *Trois plumes au chapeau* (Clément Brun)
Carnets d'un médecin de montagne (Hermann Berger)

Carnets d'une alpagiste, t. I - *En mon pays de haute enfance* (Michelle Chatelain)
Carnets d'une alpagiste, t. II - *Alpages, terres de l'été* (Michelle Chatelain)
Carnets d'un gardien de refuge - *Un gardien de refuge raconte* (Raymond Martinatto)
Carnets d'un militaire de montagne - *Six mois dans les neiges* (A. Vincent)
Carnets d'un écolier d'autrefois - *Les Bornandises* (Albin Bastard-Rosset)
Carnets d'un sculpteur d'églises baroques - *Riche Journal d'un artiste pauvre - traduits et présentés par Annick Bogey-Rey* (Giuseppe Andrea Gilardi)
Carnets d'une accoucheuse en Beaufortain - *présentés et mis en forme par Odile Walter* (Olga Canova)
Carnets de guerre d'un «poilu» savoyard - *présentés par Xavier Charvet* (Fernand Lugand)
Carnets d'un ramoneur savoyard - *Histoire passionnante de la vie du petit ramoneur savoyard* (Joseph Laurent Fénix)
Les Carnets de Cachat le Géant - *Mémoires de Jean-Michel Cachat, guide de M. de Saussure et paysan de la vallée de Chamonix - traduits et présentés par Daniel Chaubet*
Les Carnets de Rose T... (1882-1962) (Joseph Mino)
Les Carnets du capitaine Bulle (Gil Emprin)
Les Carnets d'un bâtisseur de routes (Grégoire Anselme Perrin)
Les Carnets d'un guide de haute montagne (Roland Ravanel)

La chronique de l'Autrefois

La Tarentaise d'antan (Jean-Luc Penna)
Aix-les-Bains à la Belle Époque (Johannès Pallière)
Chamonix autrefois - *Le Mont-Blanc et sa vallée* (Agnès Ducroz, Françoise Loux et Antoine Pocachard)
Le Chablais d'autrefois (Marie-Thérèse Hermann)
La Maurienne d'autrefois (Daniel Déquier)
La Drôme des collines d'autrefois (Françoise et Charles Gardelle)
Le Faucigny autrefois (Michel Germain et Gilbert Jond)
La Drôme du Sud autrefois (Marie-Georges Lamarque)
La Combe de Savoie autrefois (Maurice Messiez)
Orelle autrefois (Jean-Pierre Deléglise)
Scionzier autrefois - 1850-1920 (Gérald Richard)
Ardèche 1900 (Michel Carlat)
Annecy et son lac autrefois (Michel Germain et Gilbert Jond)
Tignes autrefois (Brigitte Alzieu et Eveline Alzieu-Martin)

Bourg-Saint-Maurice et les environs (Brigitte Alzieu et Eveline Alzieu-Martin)
Val d'Isère Jadis et Naguère (Brigitte Alzieu et Eveline Alzieu-Martin)
Le Val de Thônes et les Aravis autrefois - (Michel Germain et Gilbert Jond)
Chambéry à la Belle Époque (André Palluel-Guillard, Monique Dejammet)
Vallorcine et la vallée de Chamonix autrefois (Nathalie Devillaz)
Peisey-Nancroix autrefois (Alain Richermoz)

SAVOIE VIVANTE

Ensemble dans le Beaufortain (collectif)
Petite histoire du Val Gelon et de La Rochette (Juliette et Adrien Dieufils)
L'Épopée de Courchevel - 1946-1996 (Gildas Leprêtre)
Le Petit-Saint-Bernard - *Un col, des hommes…* (Gisèle Gaide, Odile Mérendet, Jean-Luc Penna)
Arêches-Beaufort 1947-1997 - *Un siècle de tourisme. 50 ans de remontées mécaniques* (François Rieu)
Le Pays des Hurtières - *Saint-Georges, Saint-Alban, Saint-Pierre* (sous la direction de André Brunet et Jean Prieur)
Notre-Dame-de-la-Gorge - *Un sanctuaire au pays du Mont-Blanc* (Jean-Paul Gay)
Saint-Rémy-de-Maurienne - *Village aux mille sources* (René Blanc et Joseph Rochette)
La Saga des Saisies (Pascal Meunier)
Petite Histoire de la Plagne en dix stations (Dominique Droin)
Les Nouveaux Paysans (Marie-Claire Gandet, Jean Reverdy)
Petite et Grande Histoire de Mercury (Jean Brunier)
Saint-Jean-d'Arvey en Savoie (Nicole Vaget-Grangeat)
Le Pays des Entremonts (Gaëlle Pin-Brancaz)
La Motte-en-Bauges - *La Légende du siècle* (collectif)
Petite Histoire de Montagnole (Marif Bachasson)
Un siècle d'économie en Savoie (sous la direction de Jean-Marie Albertini, Pierre Préau, Louis Chabert et Jacques Champ)

LE CHAMP RÉGIONAL

La Savoie au XVIIIe siècle (Jean Nicolas)
Histoire du Mont-Blanc et de la vallée de Chamonix - *préface de*

P. Guichonnet (Stephen d'Arve)
Les environs de Chambéry - *préface de G.-A. Pérouse* (Gabriel Pérouse)
Dictionnaire étymologique des noms de lieu de la Savoie - *préface de J. Désormeaux* (Adolphe Gros)
Au royaume du Mont-Blanc - *préface de P. Guichonnet* (Paul Payot)
Le Beaufortain : une belle vallée de Savoie - *préface de H. Viallet* (Joseph Garin)
Histoire de la collégiale de Sallanches - *préface de P. Guichonnet* (François Coutin)
Mont-Blanc (Charles Durier)
Les Torrents de la Savoie (Savoie et Haute-Savoie) - *Inondations et catastrophes* (Paul Mougin)

HIER ET AUJOURD'HUI

La Haute-Savoie, une terre, des hommes (sous la direction de Paul Guichonnet)
Chambéry-Savoie (sous la direction de Pierre Préau)
La Savoie (sous la direction de Pierre Préau et Christian Sorrel)

POUR MÉMOIRE

Chambéry, regards sur la ville (collectif)
Haute-Maurienne - L'album : 1900-1940 (Françoise Cimaz)
En avant la musique - Histoire des fanfares et harmonies de Maurienne (Daniel Déquier)
L'épopée Vallot au Mont-Blanc - *Cent ans déjà* (Robert Vivian)

HORS COLLECTION

Savoie : l'esprit des lieux - *Histoire de la Savoie depuis 1945* (Pierre Préau)
Le Lac de l'aube (Marc Dannenmuller)
Jean-Vincent Verdonnet - *Profil d'homme, regard de poète* (Marie-Claire Enevoldsen-Bussat)
Sous l'arbre à palabre (Jean-Loup Salètes)

Rhapsodie

La Face de l'Ogre (Simone Desmaison)
Le Faux Pas (Simone Desmaison)
L'aurais-je autant aimé ? (Simone Desmaison)
La Vierge des Drus (Daniel Grevoz)
Vertiges (Thierry Ledru)
Noces de cendres (Emmanuel Ratouis)
Face nord (Daniel Grevoz)

Renard Rouge

Drôle d'averse (André Fanet)
L'assassin est dans le couvent (Jacques Ouvard)

Savoie Poche

Les mots pour dire la Savoie (Jean-Marie Jeudy)
Trente-Planes (Juliette Airel)
Médecin des neiges (Docteur Charles Socquet)
Savoie : montagne de légendes (Lucien Chavoutier)

Achevé d'imprimer
en octobre 2005
sur les presses de Brodard & Taupin
pour le compte et le plaisir des éditions
La Fontaine de Siloé